O VERSO
DO CARTÃO DE
EMBARQUE

CB010740

FELIPE PENA
O VERSO DO CARTÃO DE EMBARQUE

EDITORA RECORD
RIO DE JANEIRO • SÃO PAULO
2011

CIP-BRASIL. CATALOGAÇÃO-NA-FONTE
SINDICATO NACIONAL DOS EDITORES DE LIVROS, RJ

Pena, Felipe, 1971-
P454v   O verso do cartão de embarque / Felipe Pena. – Rio de Janeiro:
Record, 2011.

ISBN 978-85-01-09565-7

1. Romance brasileiro. I. Título.

CDD: 869.93
11-4661   CDU: 821.134.3(81)-3

Copyright © Felipe Pena, 2011

Texto revisado segundo o novo Acordo Ortográfico da Língua Portuguesa.

Direitos exclusivos desta edição reservados pela
EDITORA RECORD LTDA.
Rua Argentina, 171 – Rio de Janeiro, RJ – 20921-380 - Tel.: 2585-2000.

Impresso no Brasil

ISBN 978-85-01-09565-7

Seja um leitor preferencial Record.
Cadastre-se e receba informações sobre nossos
lançamentos e nossas promoções.

EDITORA AFILIADA

Atendimento e venda direta ao leitor:
mdireto@record.com.br ou (21) 2585-2002.

Para ela.

Quando ela voltar.

Se o mundo houver.

Este livro também é dedicado ao
compositor Geraldo Vandré.

"Fingimos ser ingênuos para descansar de nossos semelhantes."

FRIEDRICH NIETZSCHE

"A isca da repetição vale mais do que o anzol da surpresa."

SILVIANO SANTIAGO

OBS.: *a pedido do autor, as epígrafes foram mantidas em corpo 14.*

Sumário

1. A última crônica — 13
2. A primeira leitora — 16
3. A segunda leitora — 20
4. Os professores — 25
5. Antonio Pastoriza — 29
6. A investigação — 30
7. Diário de bordo — 38
8. Nicole e Berenice — 42
9. Resultados da investigação — 51
10. Pediatria intensiva — 55
11. Nossa história — 59
12. Ensino superior — 70
13. Sobre os que não foram — 82
14. Berenice e Nicole — 91
15. Novos resultados da investigação — 100
16. Um pouco do teu queixo — 104
17. Curta-metragem — 107
18. O livro dos rostos — 118
19. Laboratório de design — 124
20. Todas as cidades, a cidade — 127

21.	Novíssimos resultados da investigação	132
22.	Pra não dizer que não falei de	135
23.	Berenice procura	141
24.	Nicole se encontra	147
25.	Cronista sem jornal	156
26.	Na sala do reitor	157
27.	A invenção do cânone	165
28.	Boneca de pano	172
29.	Resultados finais da investigação	181
30.	O seminário de Pastoriza	184
31.	Quartel-general da Aeronáutica	191
	Apêndice	199
	Agradecimentos	201
	Notas	203
32.	Próximo capítulo, a notícia	205

1. A última crônica

Vejo o teu rosto sempre que faço o *check-in* nos aeroportos dessa estrada. Não é a partida, nem a viagem. Muito menos a ilusão de tua companhia nos lugares onde nunca estás. Tampouco a lembrança das noites em que tua presença foi meu soluço. Pra ser sincero, o que te traz à memória é preencher o verso do cartão de embarque.

A moça da companhia aérea, com aquele sorriso morno e o cabelo passado a ferro no tintureiro, solicita que eu escreva nome e telefone de um contato para emergência. Que tipo de emergência? — pergunto, retoricamente, já sabendo o significado. E cravo o teu número no papel.

Poderia ser o número lá de casa. Ou de alguém da família. Quem sabe o daquele primo distante com fama de resolver todo tipo de problema, o que, sem dúvida, inclui resgatar parentes desaparecidos no ar. Mas não consigo ser tão pragmático. É o teu nome que me vem à cabeça.

Nome não. O que escrevo são as poucas letras do teu apelido, imaginando a tua reação com o telefonema de um estranho pronunciando a palavra cujo significado é tão íntimo para nós. Tão cúmplice de nossas manias. De nossos erros. De nossas festas. O apelido que surgiu naquela noite iluminada, entre colchas roubadas e garrafas vazias. O apelido pequeno, mas definitivo. O apelido que agora ouvirás de um senhor de terno, com formação em psicologia e a voz pausada. Mas que, mesmo assim, ainda vai te fazer pensar que sou eu ao telefone.

Não haverá desespero ou sofrimento. Ninguém é obrigado a acreditar no que parece impossível. Temos a eternidade, não temos? A realidade não importa, meu amor. São os versos do Baudelaire, as músicas do Renato e as frases do Gabriel que nos unem neste umbigo literário onde habitamos. Não somos carne, somos letra. E nos momentos em que fomos carne, também houve letra.

Quando o telefone tocar, ainda será a minha voz distante na garganta desconhecida. Mesmo que o timbre tenha mudado e o texto seja tão ruim quanto o daqueles experimentalistas do Leblon. Abstraia, sublime, idealize. Leia as cartas que mandei, os e-mails que você armazenou, os livros que escrevi só para que você olhasse pra mim. Eles também não são grande coisa, mas são seus.

Onde quer que eu esteja, continuo a trocar os pronomes e a desrespeitar a pontuação. Por aqui não há regras gramaticais ou fiscais da semântica, embora sempre tenha gostado de ambas e, só por isso, tivesse vontade de mudá-las. Ainda ouço tuas leituras noturnas, a revisão das frases, os poemas em voz alta. Nas crônicas deste lugar, só se fala na menina cujo apelido sempre me inspirou. Não sabia que você era tão famosa!

Tenho que me despedir. O avião vai partir e preciso desligar os aparelhos eletrônicos. Uma aeromoça mandou ajeitar a poltrona e apertar o cinto de segurança. Disse que havia mudado de ideia, não queria mais viajar. Mas ela me mostrou as portas fechadas e o sinal luminoso indicando a decolagem. Não há mais tempo. Mantenha o telefone no gancho, verifique o servidor da internet e não se esqueça de pagar a conta do celular.

Sei que te amo porque, na hora do embarque, é a tua imagem que me conforta.

Antonio Pastoriza
(*crônica publicada na última edição do jornal* Correio da Noite)

2. A primeira leitora

Muitos anos depois, diante do pelotão de médicos e enfermeiros, Nicole Willians havia de recordar aquela tarde gelada em que leu a última crônica de Antonio Pastoriza. Botafogo era então um bairro pacificado, livre da violência urbana dos anos anteriores, protótipo de um suposto modelo de segurança pública que serviria para toda a cidade: os morros tomados pela polícia, o asfalto vigiado por milícias disfarçadas e a periferia esquecida pelo estado. Mas o outono atípico, com nuvens pesadas e temperaturas glaciais para a época, deixava as mãos trêmulas, ásperas, sem confiança. A respiração arquejante parecia em contraste com a tranquilidade do lugar.

O vento na varanda levantava as folhas do jornal. Era preciso dobrá-lo em quatro, além de se desvencilhar das páginas de política e cultura. O que queria ler estava na editoria de opinião, onde eram publicados os textos de romancistas, poetas, médicos, advogados, professores, humoristas, sádicos e afins, uma editoria redundante, pensava, tratando como exceção apenas as linhas semanais de seu escritor favorito.

Nos tempos em que frequentava o curso de nutrição, em Lavras, no interior de Minas, o jornal parecia um desperdício de tempo. Não só o jornal, mas qualquer tipo de texto, impresso ou manuscrito, amador ou profissional. A única leitura possível eram as fotocópias dos compêndios de bioquímica, traficadas pelos veteranos da faculdade. E se a obrigação acadêmica já era um estorvo, qualquer outra letrinha no papel tornava-se uma tortura. Nunca tivera prazer em ler coisa alguma. Simples assim. Ponto final, fecha parágrafo e vamos direto pra internet, pra TV a cabo ou pro salão fazer as unhas.

O que mudava naquela tarde não era o repentino despertar para a literatura. Muito menos o reconhecimento de um talento extraordinário na crônica de Pastoriza, ou, quem sabe, uma visão mediúnica desencoberta pela palavra. Não, nada disso. Nicole tinha motivos pessoais para abrir o jornal na página sete. Aquele texto fora escrito para ela, sobre ela, dedicado a ela. Estava ali, em cada letra, cada frase, cada espaço entre as frases, que só ela podia preencher.

Passou os dedos pelo teclado do celular em busca de uma testemunha, alguém para dividir o momento transcendente:

Você leu, Sandrinha? Foi pra mim. Linda, linda, que crônica lindaaaa!

Mas nem tem o teu nome, Nicole!

Não precisa.

Como não precisa?

Simplesmente, não precisa.

É só uma crônica genérica.

Vou desligar. Você não sabe nada, não entende nada.

Você é que continua a mesma garotinha mimada da faculdade.

Tchau, garota.

Tchau.

Claro, a Sandrinha tinha razão. Nicole gostava mesmo era das festas nos diretórios, das chopadas com os calouros e das intermináveis rodas de carteado nas repúblicas estudantis. Numa dessas rodas, durante um jogo de sueca contra uma dupla de alunos do curso de direito, aprendera o conceito de jurisprudência. Era um termo pedante, como quase todos do mundo jurídico, cujo significado remetia à recorrência, repetição ou, como ela preferia, à redundância. Sempre a tal da redundância. Tinha só vinte anos e já achava que sua vida podia ser resumida numa eterna redundância. Os mesmos rostos, as mesmas frases, o mesmo véu. Na família, nos amigos, nos vizinhos, na multidão de meninos e acnes da adolescência mineira, entre bares e quermesses. Jurisprudências de um fracasso anunciado.

Mas também havia jurisprudência na crônica de Pastoriza. Não era mais a garotinha da faculdade. Já estava perto dos trinta, podia reconhecer os erros, auscultar os fracassos, entender os sintomas. Quem precisava de conselho? E, ainda por cima, conselho de nutricionista! A Sandrinha não aconselhava nem as próprias clientes. Mal conseguia elaborar as dietas macrobióticas das emergentes obesas que entravam em seu consultório com as joias balançando no antebraço. Quase não reconhecia a diferença entre carboidratos e proteínas. Uma ignorante, inculta, insensível.

Preferia ficar com a jurisprudência. Fora condenada muitas vezes, cumprira pena, repetira os crimes. Mas também repetira as absolvições. E era disso que tratava o conceito: uma interpretação reiterada sobre casos concretos submetidos a julgamento. Todos a julgavam conforme prévias experiências em relação a ela: jurisprudência. No caso de Sandrinha, a jurisprudência da esbórnia nos tempos da faculdade. No caso de Pastoriza, a jurisprudência dos momentos de cumplicidade. Então, aquela crônica só poderia ser para ela.

Conseguia identificar os detalhes íntimos no texto do ex-namorado: o apelido pequeno, as letras de música, os versos do poeta francês. Quem mais poderia ser? Tinha certeza de que ele preenchera o verso do cartão de embarque com o nome dela, ou melhor, com as quatro letras que a tornavam cúmplice na angústia de suas viagens. E ainda havia a colcha roubada, a noite iluminada, as garrafas vazias. Eram muitos detalhes. Muitos.

Não desliga, Sandrinha! Por favor, não desliga!

O que você quer, garota?

Preciso saber.

O quê?

O que aconteceu de verdade.

Não entendi.

Não era para entender. Do outro lado da linha, a amiga ouviu as últimas frases em silêncio, imaginando se as perguntas eram apenas retóricas. Ou se estava diante de um surto psicótico, de um delírio, de uma alucinação tardia. Pois sempre são tardias as alucinações sobre o amor.

Com ele, Sandra. Com o Antonio Pastoriza. Você sabe? Diz aí: você sabe o que aconteceu com o Pastoriza?

Nem diante daqueles médicos e enfermeiros, tanto tempo depois, Nicole se livraria do peso da resposta.

3. A segunda leitora

Toda leitora é sentimental. Toda leitora é cândida. Toda leitora espera pela última lágrima, pelo amor impossível e pelo clichê, mesmo que de forma inconsciente. E quem não se encaixa nessa regra não é leitora, é intelectual. Então, volte para o Michel Foucault ou ligue no Discovery Channel — pensou a leitora, com o jornal entre as pernas, lutando para encontrar uma posição adequada.

Berenice abriu na página sete. Os olhos bateram direto na crônica de Pastoriza, que ocupava a parte superior, bem acima do artigo do presidente da ordem dos advogados, cujo tema, como de costume, versava sobre a urgente necessidade de reformas constitucionais. Para a maioria dos leitores, a disposição dos textos denunciava uma certa vocação literária na editoria de opinião, priorizando o ritmo leve e despretensioso da crônica sobre o tom solene e positivista do artigo.

Poderia parecer que o jornal assumia a completa incapacidade do jornalismo em apresentar os fatos, reproduzir a realidade, dizer a verdade. E, novamente, falaríamos em redundância. Mas, para Berenice, jornalista experiente e repórter da principal rádio do país, havia muito que estas questões já estavam resolvidas. Sabia que o máximo que podia apresentar era um efeito sobre o real, a narrativa possível, a versão.

Suas reportagens construíam socialmente os acontecimentos. Não podia acreditar na isenção, na neutralidade, no paradigma do espelho, cuja crença era de que o jornalismo refletia a realidade. Seus chefes diziam que ela precisava ser objetiva, mas Berenice insistia na subjetividade, na inferência, nos clichês que a estabilizavam diante de um mundo cujas leituras eram tão perturbadoras.

E Pastoriza era muito perturbador. Aquele texto a inquietava, desesperava, reconstruía seus próprios clichês e lágrimas. Era uma crônica escrita para ela, com as digitais dela, a história dela. As quatro letras do apelido, a colcha roubada, as garrafas vazias. Pormenores que só ela poderia conhecer. Só ela poderia (re)conhecer.

Largou a xícara de café ao lado do microfone e tentou se concentrar no trabalho. Faltavam alguns segundos para entrar no ar com as notícias do dia, mas não conseguia enxergar os caracteres expostos na tela. Coçou os olhos, arregaçou as mangas do casaco jeans que a protegia do frio do estúdio e suspirou para o teto, expelindo pensamentos. No movimento de volta, o queixo bateu no teclado e mudou a ordem do noticiário. Berenice se assustou com a primeira manchete que deveria anunciar. Nenhuma rádio começaria o jornal pelo boletim de trânsito, mas ela não tinha alternativa. Já estava no ar.

A avenida Brasil apresenta lentidão no sentido Centro devido a um acidente entre um caminhão e um ônibus. O mesmo acontece na Perimetral e na ponte Rio-Niterói, que têm retenções em trechos específicos por causa da grande quantidade de veículos. Já a autoestrada Lagoa-Barra está com trânsito bom em ambos os sentidos.

Interrompeu o boletim antes de chamar a repórter que estava no helicóptero da rádio. Em dez anos de carreira, jamais cometera um erro tão primário. Poderia até ser demitida por aquele descuido. Melhor cortar a programação e reorganizar o noticiário.

Apertou o botão da vinheta, chamou os comerciais, voltou para o teto: para os pensamentos expelidos. A página sete do jornal, a crônica do ex-namorado, as lembranças. O que acontecera com Antonio Pastoriza? Por que escreveria sobre ela tantos anos depois? O que ele queria?

As referências estavam claras, escancaradas no texto, parágrafo quinto: "os versos do Baudelaire, as músicas do Renato e as frases do Gabriel que nos unem neste umbigo literário onde habitamos." Pois quantas vezes tinham lido *As flores do mal*? Quantas vezes ouviram a Legião? Sem falar no realismo fantástico, já tão ultrapassado para os outros, mas não para eles. Estava tudo ali, naquela crônica, parágrafo quinto: "Não somos carne, somos letra. E nos momentos em que fomos carne, também houve letra."

Muitas letras.

Cazuza queria a sorte de um amor tranquilo, com sabor de fruta mordida. Renato Russo citava Camões e o fogo ardia aos olhos do público, nítido, visível, contrariando o poeta português. Nada tão diferente, nada tão parecido. Porque assim é se lhe parece, concluiria Pirandello, na frase que também virou clichê.

Berenice conhecia todos esses caras, influenciada pelo pai, o professor Racine, que era dublê de músico e escritor. Mas, nos últimos anos, ainda magoada com Antonio Pastoriza, mostrava-se desiludida com os escritores. Achava que eram seres que não aparentavam ter amado e, portanto, estariam incapacitados para falar de amor.

Ah, Berenice! Leia Pirandello novamente — pensava, dialogando com o teto. De que aparências você está falando? Sua mãe não lhe ensinou que a boneca de pano era real? E seu pai não falou sobre o personagem Titus? É o imaginário que constitui a realidade do escritor, não o seu cotidiano. Esqueça as biografias, os relatos jornalísticos e todas as narrativas com pretensão de verdade. O que você procura está em outro lugar.

E o que é o amor, Berenice? Pergunta difícil, eu sei. Freud tentou responder, Jung também, Lacan idem. E toda uma estirpe de supostos cientistas da alma. Mas quem se importa com eles? Olhe pra você, que tanto critica as aparências. O que lhe parece? Diz aí, Berenice!

O beijo de parede, a pele quente, o perfume no suor, o cabelo puxado até o dorso? É isso o amor, Berenice? Então, o que é? A umidade, os planos, as palavras, o cubo mágico, a cumplicidade? É isso?

Uma caminhada pelo Père-Lachaise, a Carmen de Bizet, o chope do Jobi? Ou a noturna de Chopin? Os diálogos do Woody Allen, o Jim Morrison improvisando em "The End", o último parágrafo de *Cem anos de solidão*, a tapioca da baiana no *Nativo*, o piano do Gonzales para a Feist, os jardins do Museu Rodin, o Tom Jobim sussurrando a canção que eu fiz pra te esquecer, a rede social em que trocamos segredos, teus olhos virando a página de um manuscrito? O que mais pode ser, Berenice?

Você não é uma discípula de Parmênides ou de São Tomé. Não quer ver para crer. Não quer o real estereotipado. Seus amores invertem o axioma: as aparências desenganam, pois é a fantasia que move o desejo, que passa o creme no corpo, que usa o espartilho.

A mesma fantasia inscrita no livro que Antonio Pastoriza autografou. Aquele, lembra? A leitura na cama, cortando as frases, fazendo anotações nas bordas. A leitura nas entrelinhas, na margem, no rosto. A leitura em movimento. E uma Berenice trêmula, ofegante, urgente, roendo as unhas da mão esquerda e se lembrando de tudo que, naquele momento, lhe parecia amor.

O amor na varanda, de madrugada, com o som alto e os vizinhos ruborizados. O amor no sofá. O amor de conchinha. O amor plural, embora singular no endereço. O amor de quem troca os pronomes e escreve uma crônica pra você. O amor de um escritor, para quem nada é o que parece, e cujas frases saem tortas e embargadas pela tua ausência.

4. Os professores

*Ata da 357ª reunião ordinária do
Departamento de Comunicação Social
da Universidade Federal Carioca*

Aos vinte e oito dias do mês de outubro do ano
de dois mil e catorze, isso depois de Cristo, reuniram-se na
sala 715 do prédio J da Universidade Federal Carioca, todos
os trinta e seis professores do Departamento de Comunicação Social da referida universidade, com exceção do titular
da cadeira de Psicologia da Informação, o eminente Antonio
Pastoriza, que não justificou a ausência.

O chefe de departamento, professor Haroldo Erodes, abriu
a reunião com os informes docentes. A professora Milena
Madalena relatou sua participação no vigésimo Congresso
de Jornalismo de Iguaba Grande, onde apresentou o trabalho
"Para uma interlocução trotskista entre o agente e o paciente
na veiculação de notícias pela internet". Já o professor Fabrício
Faraó, doutor em Ciências do Design, participou da Jornada

de Caligrafia de Pouso Alegre, onde não apresentou trabalho, mas recebeu o prêmio de produtividade acadêmica por sua gestão à frente da organização do evento nos últimos anos. Os demais professores abriram mão de relatar seus informes para que fosse ressaltada a importância dos trabalhos desenvolvidos pelos professores Faraó e Madalena.

Em seguida, o chefe de departamento anunciou a pauta do dia:

1. Formação de uma comissão docente para escolha dos equipamentos do laboratório de redação jornalística e para acompanhamento das obras do banheiro feminino no primeiro andar.
2. Apreciação do pedido de compatibilidade das disciplinas oferecidas pelo departamento de novas mídias.
3. Registro das candidaturas para a eleição dos coordenadores setoriais do colegiado de unidade.
4. Aprovação do pedido de licença-prêmio do chefe de departamento para o segundo semestre do próximo ano.
5. Protesto formal e aprovação de moção contra o curso de Medicina por criar a disciplina comunicação científica sem consultar o departamento.
6. Análise do pedido de afastamento da professora Milena Madalena para realizar o pós-doutorado em Teologia.
7. Criação de um prêmio interno para o corpo docente sob a coordenação do professor Fabrício Faraó.
8. Aprovação da comissão de monitoria, da comissão de extensão, da comissão de pós-graduação, da comissão de pesquisa, da comissão de prevenção ao plágio discente,

da comissão de reforma curricular e da comissão de maturidade acadêmica.

9. Encaminhamento das questões relevantes para a constituição de uma equipe de trabalho para a implantação de uma comissão para atuar junto ao sindicato para as discussões salariais e previdenciárias.

10. Novos informes e apresentação de outros pontos para a pauta.

11. Discussão sobre o aperfeiçoamento dos protocolos e procedimentos.

Após a leitura da pauta, o professor Haroldo Erodes argumentou que a reunião não poderia prosseguir sem que, antes, fosse apurado o motivo da ausência do professor Antonio Pastoriza. Ato contínuo, a professora Milena Madalena mostrou a crônica publicada por Pastoriza no jornal *Correio da Noite* e manifestou sua inquietação sobre as razões que o levaram a escrever tal texto. Em seguida, o professor Fabrício Faraó dissertou sobre as qualidades gráficas do referido jornal, mas se opôs à argumentação do chefe de departamento, tendo em vista que os professores presentes poderiam prosseguir com as votações normalmente em virtude da suficiência de quórum.

Os demais professores indagaram sobre a quem se destinaria a crônica de Pastoriza. A professora Madalena ressaltou os próprios conhecimentos jornalísticos e sua consequente capacidade de investigação para alegar que era óbvio: tal crônica só poderia ter sido escrita para a ex-namorada do autor, a repórter Berenice Falcão. Entretanto, o professor Faraó, após detalhada análise da fonte utilizada no texto e do espaçamento entre as linhas, concluiu que a missiva se endereçava a outra ex-namorada de Pastoriza: a nutricionista Nicole Willians.

Em sua intervenção, o professor Haroldo Erodes demonstrou estar preocupado com a saúde do professor Antonio Pastoriza. O chefe de departamento também manifestou inquietação com a possibilidade de o referido professor ter viajado sem a autorização do departamento, já que a crônica publicada no jornal tem como título "O verso do cartão de embarque." Nesse caso, segundo o professor Erodes, seria o momento para se instaurar um inquérito administrativo. Antes, porém, haveria a necessidade de uma investigação mais aprofundada sobre o tema.

O colegiado, então, resolveu instituir uma comissão formada pelos professores Fabrício Faraó, Milena Madalena e Haroldo Erodes, presidida por este último, com o objetivo de apurar o que aconteceu com o professor Antonio Pastoriza.

E, por não haver mais tempo para as discussões em pauta, decidiu-se por marcar uma nova reunião de departamento para a semana seguinte, no mesmo horário e local.

Assim, lavrada e assinada esta ata por todos os presentes, deu-se por encerrada a sessão.

5. Antonio Pastoriza

Viajar é chegar em casa pelo caminho inverso. De malas pesadas, os olhos fundos, a nostalgia. É ouvir o samba do avião e não precisar dos fones.

Depois de tanto tempo, não sei se ainda consigo me lembrar dessa viagem. Queria só pegar o táxi, ignorar o motorista, dizer *toca pra longe daqui*, sem ouvir a resposta. Mas eu é que fui ignorado. *Vai pra onde, doutor Pastoriza?* Surpreso, não tive qualquer reação. Ela conhecia meu nome. Enfim, não era O motorista. Menos mal que fosse uma mulher no comando. Não queria ser conduzido sem luvas.

Então, eu fui.

6. A investigação

No dia seguinte, Nicole recebeu um telefonema do chefe do Departamento de Comunicação Social da UFC, professor Haroldo Erodes. *Não, professor. Não sei para onde ele foi. Há muito tempo não falo com o Antonio. Sim, claro. Disso tenho certeza: a crônica foi escrita para mim. Infelizmente, é só o que posso dizer. De nada. Estou às ordens. E, por favor, me dê notícias.*

O primeiro paciente ainda não havia chegado. Na solidão do consultório, tentava dar ordem ao caos semântico das ideias, organizar lembranças, elaborar seus enredos, suas ficções. Para Nicole, o desaparecimento de Pastoriza (seria mesmo um desaparecimento?) tinha óbvia relação com ela. Mas não sairia por aí revelando informações pessoais para qualquer um.

Nas terças e quintas, as paredes pareciam mais brancas. Nos outros dias, o consultório era ocupado por um cardiologista que não usava jaleco. Atendia de camisa social mesmo, quase sempre colorida, o que amenizava o ambiente monocromático daquela sala. Todos os pacientes de Nicole eram indicados por ele. Geralmente, recém-infartados ou a caminho de um infarto, com altas taxas de colesterol, excesso de glicose e triglicerídeos. Pessoas que só procuravam os serviços de uma nutricionista quando obrigadas pelo médico.

As dietas quase não variavam. Diminua o sal, corte as frituras, evite carne vermelha, não passe nem perto dos doces. Sentia-se uma inquisidora da gula. Odiava determinar as penalidades para aqueles que não seguissem suas ordens. *O senhor pode ter um AVC, um aneurisma, ficar inválido ou, pior, impotente.* Era o método ensinado na faculdade, a chantagem pela culpa, o mesmo método das aulas de catecismo no colégio. E isso não podia ser coincidência.

Quando conheceu Antonio Pastoriza, em uma palestra organizada pela reitoria da Universidade Federal de Lavras, as semelhanças ficaram ainda mais claras. Estava no último período do curso, já não aguentava ouvir os professores. Precisava de novas frases em sua previsível semiologia. A palestra do psicanalista das estrelas, como Pastoriza ficara conhecido entre as *socialites* cariocas, tinha como título "Deus não é culpado". Seria um acontecimento na cidade. Em Lavras, lugar duplamente provinciano, pelas dimensões e pela localização, a palavra *estrela* ecoava por todas as casas. Dondocas de meia-idade lotaram o auditório da universidade, fazendo concorrência com os estudantes e professores. Até as beneméritas da Igreja compareceram. Só a Sandrinha ficou em casa. E ela fazia falta nesses momentos.

Logo nas primeiras palavras, sentiu-se atraída pelo homem de traços rudes, barba por fazer, sulcos bem-esculpidos pela face. *Se Deus não tinha culpa, cabia a seus filhos a tarefa de expiá-la.* Ele citava a Bíblia com a mesma naturalidade com que evocava as palavras de Freud, seu ente divino mais próximo. *O livro de Jó nos ensina que Deus está morto. Caim e Abel fazem qualquer crime moderno parecer um romance juvenil. E que Deus é esse que pede a um pai para sacrificar seu filho?* Algumas dondocas abandonaram a palestra no meio, horrorizadas, em estado de choque paroquiano. Muitos professores fizeram o mesmo, talvez por motivos diferentes. Mas ela permaneceu ali, concentrada, inebriada, apaixonada.

Na época, aos quarenta e poucos anos de idade, Pastoriza já se tornara conhecido em todo o país graças à coluna semanal no *Correio da Noite*, que era reproduzida em jornais de outros vinte estados, inclusive Minas e São Paulo. Suas crônicas versavam sobre temas contemporâneos, tinham linguagem direta e o pretensioso objetivo de fazer a tradução de temas complexos, como a própria psicanálise. Quase todos naquele auditório eram seus leitores. Menos Nicole, para quem o jornal não servia nem para embrulhar os copos da república universitária. A palavra escrita não a seduzia. Pelo menos, até então.

No final da palestra, ela se aproximou do palco. Outras vinte alunas se acotovelavam para conseguir um autógrafo. Nicole ficou um pouco de lado, tentando um olhar cruzado, uma pista, um sinal. Pastoriza não percebeu a estratégia. Ou fingiu não perceber, o que não importa muito. Depois de alguns minutos rabiscando livros, ele foi escoltado por um grupo de professores até o hotel. À frente, o magnífico reitor da Universidade Federal de Lavras, ostentando sua beca mais rica, com detalhes dourados bordados no tecido branco que escorria pelos ombros, cobrindo a metade superior da bata negra.

Na portaria, pediu licença aos anfitriões e subiu para o quarto. Ainda faltavam duas horas para o coquetel em sua homenagem, na sede da prefeitura, onde seria recebido pelas autoridades locais. *Com exceção do padre* — pensou, ao abrir a torneira do pequeno banheiro, cujo espelho estava quebrado nas bordas. Pastoriza tirou a camisa, lavou o rosto, alcançou a toalha e se jogou na cama. Antes de pegar o controle da televisão, ouviu a batida na porta.

Não era o serviço de quarto.

* * *

Na rádio Planeta, Berenice Falcão abriu o noticiário da tarde com as manchetes internacionais. Uma revolta popular na Libéria ameaçava derrubar o velho ditador de peruca. Duas senhoras americanas decepadas após um ritual de vodu no estado do Missouri. Uma menina de dezesseis anos vencia o mundial de patinação artística em Helsinque. O papa finalmente abria os arquivos do Vaticano para os pesquisadores do Holocausto. O urso panda do zoológico de Estocolmo dava à luz a mais nova fêmea da espécie.

Intervalo comercial.

Pelo vidro do estúdio, o chefe de redação fez um sinal para que ela atendesse o telefone. *Professora Milena Madalena?! Claro que lembro. Fui sua aluna. Estou bem, obrigada. Vida de jornalista: ganho pouco, a senhora sabe. Em que posso ajudar? Sim, eu li. Muito bonita, também acho. Sem dúvida: foi escrita pra mim. É o que dizem. Não, não sei. Já faz um bom tempo que não o vejo. Fique tranquila, eu aviso. Outro beijo pra senhora.*

Não avisaria. Ainda que soubesse onde Pastoriza estava, não daria qualquer tipo de informação para aquela jornalista frustrada. Nos tempos da faculdade, Berenice quase desistira da profissão por causa dela. E logo no primeiro período, influenciada pelas aulas de introdução à reportagem de fundo, em que Madalena destilava seu marxismo de restaurante francês. Dizia que só os alienados e os vendidos ao sistema poderiam trabalhar numa redação. As empresas jornalísticas defendiam os interesses da burguesia. Portanto, seus funcionários representavam o peleguismo, a subserviência, o demônio.

Para Madalena, a repórter se encaixava como a boina do Che Guevara nesse perfil. Além disso, era alta, bonita, sorridente. E andava sempre bem-vestida, com as unhas pintadas e o cabelo hidratado. Ou seja: uma pelega. Berenice já estava formada havia dez anos e nunca fora procurada pela antiga professora. O mais intrigante, no entanto, era o assunto: Antonio Pastoriza. Por que Madalena estaria atrás dele?

Quando o conheceu, Berenice trabalhava no *Correio da Noite*, seu primeiro emprego. Pastoriza ainda não era professor da UFC, mas já estava acostumado a ser tratado como a estrela do jornal. Sempre bajulado pelos chefes, pelos repórteres, pelos fotógrafos. Até pelos estagiários. Ou melhor, pelas estagiárias, muito mais animadas e prestativas. *Quer um café, doutor Pastoriza? Posso ler a sua crônica antes de ser publicada? Poderia me dar um conselho?*

Ele sempre aparecia no final da tarde, pouco antes do fechamento. Pastoriza não trabalhava na redação. Era diretor de uma faculdade particular e dava expediente no consultório: o terapeuta mais caro da cidade. As visitas ao jornal eram apenas para conversar com o editor-chefe. Gostava de falar sobre suas crônicas, ouvir opiniões. E embora estivesse ocupado por causa do horário, o editor jamais deixava de recebê-lo.

Berenice estava no começo da carreira, ninguém notava sua presença. Muito menos os chefes e estrelas da redação. Claro que havia os metidos a Don Juan, com o olhar fixo nas pernas hipertrofiadas e no contorno do vestido. Mas não era o caso de Pastoriza.

Ou talvez fosse.

A primeira vez que se cumprimentaram foi por acaso. Na saída do prédio, começo da noite, fim do expediente. Chovia muito. Ela tentou atravessar a rua correndo para pegar o carro, estacionado do outro lado. Escorregou no segundo passo. O sapato voou do pé esquerdo. As costas bateram com força no meio-fio. O vestido branco colou ainda mais no corpo, transparente, úmido.

A bolsa abriu, deixando o infinito à mostra.

Antes da primeira lágrima, a mão dele surgiu de cima, junto com a chuva, erguendo-a com leveza e virilidade, como um estivador de sapatilhas.

Pastoriza tirou o paletó, cobriu seu corpo e levou-a para dentro do prédio. Depois recolheu os objetos espalhados pela calçada, sem prestar muita atenção. Ao devolver a bolsa, nem olhou para o conteúdo. Lentamente, passou a mão esquerda pelo rosto dela, afastando os fios de cabelo que cobriam os olhos.

Machucou muito?

Não, estou bem.

Meu nome é Antonio.

Eu sei.

Ele se ofereceu para pegar o carro. Ela recusou. *Eu insisto. Não precisa.* Ela agradeceu. Ele se foi. Berenice permaneceu na portaria, inerte, observando a saída de Pastoriza. O paletó continuava nos ombros dela. A bolsa na mão direita. O celular na esquerda. Mas onde estava o sapato? *Você já é grandinha pra histórias de Cinderela.*

No dia seguinte, ele não apareceu na redação. E nem na quarta-feira. Muito menos na quinta. A semana inteira longe. E Berenice ansiosa, espiando pelo canto de sua baia, mudando a tela do computador de lugar só para ter uma visão ampliada do ambiente. Mandou lavar o paletó no tintureiro, colocou-o num cabide encapuzado e deixou o pacote pendurado dentro do carro, à espera do proprietário. Mas ele não veio.

Na sexta-feira, ela tomou coragem e pediu o telefone dele para a secretária da redação.

O número não consta da lista. Mas posso pedir para o editor-chefe.

Não! Não! Por favor, não precisa.

O que eu tenho aqui é o endereço para onde mandamos o jornal. Quer?

Berenice simulou desinteresse. Anotou a informação mentalmente, como fazem os melhores repórteres. Pastoriza morava no Jardim Oceânico, bem longe dali. Com o trânsito, levaria duas horas pra chegar. Sexta à noite, hora do rush, quase final de semana. Não faria isso. Não seria tão inconveniente. Mas ele poderia precisar do paletó, não é verdade?

No caminho para o Jardim Oceânico, pensou na quantidade de vezes que visitara o site de Pastoriza. Lá estavam as fotos da universidade, a relação de livros publicados, a agenda de palestras, o endereço do consultório. Mas aparecer no consultório seria muito invasivo, não é verdade?

Continuou no caminho.

Chegou ao prédio de Pastoriza às dez e meia da noite. Parou o carro no lado oposto — força do hábito. Desembarcou segurando o cabide do tintureiro. Não havia ninguém na portaria. Tocou o interfone.

Vim trazer o seu paletó.

Pode subir.

Pela manhã, Berenice e o paletó ainda estavam no apartamento de Pastoriza. O sapato nunca foi encontrado.

* * *

O professor Fabrício Faraó acordou mais cedo que o normal. Onze e meia da manhã e já estava de pé. Tinha responsabilidades, tarefas a cumprir. A mais importante delas: investigar o paradeiro de Antonio Pastoriza. Sua missão fora registrada em ata na reunião de departamento. Não podia falhar. Precisava de concentração.

Pegou a lista telefônica na gaveta da mesinha de cabeceira. Folheou as páginas amareladas até a letra P. Só anotava os telefones pelo sobrenome. Tinha classe, bom gosto. Coisas de quem se dedica às artes gráficas.

Discou o número do celular de Pastoriza. Fora de área. Tentou o número de casa. Ninguém atendeu. Ligou de novo. Nada.

Fabrício Faraó guardou a agenda na gaveta e voltou a dormir.

7. Diário de bordo

Desembarquei.

O saguão é estreito, apertado, cinza. O ar-condicionado não funciona. A mistura de odores fica ainda pior nessa temperatura. Um calor sem luz, opaco, rudimentar. Quase não consigo mover os braços. Meu passaporte é olhado com desprezo. O policial verifica a foto, olha pra minha cara amassada, digita qualquer coisa no teclado escondido pelo balcão. Há uma fila enorme atrás de mim. Ninguém se incomoda. O policial continua olhando a foto. *Pastoriza. Antonio Pastoriza.* Quando repete meu nome, os dentes escorregam pelo maxilar.

Não tenho medo. Atravesso o portão.

Ela me aguarda. É uma mulher negra, linda, com panturrilhas de cedro. Tem passaporte vermelho, diplomático. Nunca passa por constrangimentos. As malas estão devidamente arrumadas no carrinho. Caminhamos pela esteira como se fosse uma passarela de gelo. Quando olhamos para o lado há uma diferença de velocidade que angustia os demais transeuntes. Por que vamos tão rápido se eles não têm pressa?

Na saída do terminal, uma senhora de cabelos ruivos a cumprimenta com três beijos no rosto. Sou ignorado. A ruiva abre a porta traseira, acomoda a bagagem na mala do carro, dá a partida e segue pela estrada. Nós estamos sentados no velho estofamento de couro rubi e molas enferrujadas. Fazemos piada com a cor. Damos algumas risadas amenas. Sua pele negra tem o tom metálico. Ela continua altiva. A falsa descontração é apenas um prólogo para o discurso que virá.

Está preparado, Antonio?

Nunca estive.

Vou te ensinar.

A ruiva me olha pelo retrovisor. Eu a reconheço. É a mesma que me conduziu no táxi. Então, ela sabe meu nome? Por que não falou comigo? As mãos ao volante, o câmbio semiautomático, o silêncio. Por que me ignora?

Eu conheço a motorista — balbucio, com vergonha.

Todos nós conhecemos — ela responde.

Por que não fala comigo?

Você é muito arrogante, Antonio.

O estofamento agora me incomoda. O barulho das molas se multiplica. O sol reflete no couro. O tom rubro dá a impressão de uma fornalha. De labaredas em movimento. Então, sou arrogante? Há duas mulheres no carro. Uma não fala comigo e a outra me humilha. E o arrogante sou eu?! Novamente, sou repreendido:

Mude o discurso, Antonio!

Não entendi.

É uma viagem longa, temos tempo. Mas a temperatura aumenta a cada minuto.

Ainda não entendo.

Já disse: mude o discurso — repete a mulher negra, impaciente.

Continuo sem entender.

Você é mesmo muito arrogante. Afinal, o que veio fazer aqui, Antonio? Qual o propósito de sua viagem? Já passamos da página trinta e ainda nem começou a contar a história. Fica só nesse exercício de linguagem. No experimentalismo velhaco. Todos que passaram por aqui fizeram o mesmo. Não existe nada de experimental no que você faz. É só uma repetição. Você deve se achar ousado, genial, contemporâneo. Mas é apenas arrogante.

O que quer de mim?

Conte a história. Quantas vezes terei que repetir? Ainda vamos passar por muitos aeroportos, percorrer muitas estradas. Se você não mudar o discurso, continuará sendo ignorado. Infinitamente ignorado. Com exceção do seu grupinho de asseclas, caudatários do aparente sucesso. Mas está vendo algum deles aqui? Não, não está. Eles pularam da cauda. Então, chega! Conte logo a história! E comece colocando travessão nesses diálogos.

— O que você quer ouvir?

— A história delas. Todos nós queremos saber sobre elas.

— Todas? Até sobre as passageiras?

— Claro que não. Não acredito em amores expressos!

— Nem eu.

— Fale sobre a última crônica. Para quem foi escrita?

— É uma longa história.

— Nossa viagem também.

O carro continua pela estrada. A ruiva ajeita o retrovisor novamente. A paisagem árida me dá vertigens. Duas placas informam as próximas paradas. Uma grande cidade nos espera. Logo em seguida, um novo aeroporto.

Vou começar minha história. A tua história. Nosso diário de bordo.

Sei que te amo porque, na hora do embarque, é a tua imagem que me conforta.

8. Nicole e Berenice

Não era o serviço de quarto.

Nicole entrou pelos fundos do hotel. Os sobrados coloniais tinham essa vantagem: múltiplas entradas. Bastava uma pequena ribanceira ou o muro da casa ao lado. Privilégio mineiro, de quem conhece a terra, respira o chão.

Ela ainda esperou a comitiva do reitor sair antes de subir pela escada e bater na porta. Quando Pastoriza girou a maçaneta — sem camisa, cabelo molhado, barriga seca — foi difícil manter o braço esticado com o livro.

— Pode autografar pra mim?

— Até posso. Mas não sei o que minha assinatura valeria num manual prático de alimentação orgânica.

Ele riu. A contração do rosto aprofundou os sulcos laterais. Nicole acompanhou a risada com os olhos nele, face a face, face na face. A veia do pescoço em relevo. O queixo sólido. A boca. Pastoriza não disse mais nada. Pegou o livro, tirou uma caneta da pasta e rabiscou qualquer coisa sobre vitaminas e carboidratos. Piada sem graça, sem importância.

Nicole não viu a dedicatória.

Com um pequeno gesto, ele a convidou para entrar. A cama ainda arrumada, os copos na mesinha, o sofá ao lado da janela. Ela sentou meio de lado, a bunda na diagonal do estofado. Pastoriza ajeitou dois travesseiros no espaldar da cama, esticou as pernas, vestiu a camisa.

Sem abotoar.

(Todo diário de bordo inventa, aumenta, valoriza. Ainda assim, é mais confiável que qualquer romance. O que acabaram de ler não é verossímil. Se fosse o meu diário, a cena seria diferente. Nicole tem formas geométricas: cintura delgada, ombros retos, seios pequenos, com mamilos rosados e ligeiramente estrábicos. O cabelo dourado escorre pelas costas definidas. Os olhos são grandes e claros. Há uma remota chance de se interessar por um sujeito bem mais velho. E bem mais feio.)

Pastoriza cruzou as mãos sobre a cabeça, fazendo a camisa aberta deslizar para cima até mostrar o terço inferior do ventre. Nicole reparou nos gomos oblíquos do abdômen. Puxou conversa. Disse que adorou a palestra, que ficou hipnotizada, que ele era muito corajoso, que...

(Se fosse o meu diário, teríamos a situação inversa. O marmanjo é que olha para a beldade. Não o contrário. Do jeito como foi escrito, vão achar que sou um Casanova suburbano e lipoaspirado. Mas é mentira. As crônicas no jornal mostram um sujeito grave, austero, tímido. Esse é o verdadeiro autor. Preciso seguir os conselhos dela, me concentrar na história. Contar a história. E usar o travessão.)

— Quer beber alguma coisa?

— O que você tem?

Abriram a garrafa de vinho que estava no frigobar. Péssima escolha. Temperatura inadequada. Cabernet argentino.

— A que horas é a recepção na prefeitura?

— Daqui a pouco.

— Estou te atrapalhando?

— Claro que não.

Nas aulas de bioenergética, matéria optativa do curso de Nutrição, as alunas estudavam as transformações da energia no corpo através do calor, do movimento e da luz. Nicole também gostava de aplicar essas teorias à personalidade, observando a respiração. Jamais tivera a curiosidade de ler qualquer texto de Alexander Lowen ou dos discípulos que desenvolveram a tese. Apenas intuía que o movimento e a temperatura do ar expelido pelas narinas podiam determinar o caráter de alguém.

Ela se curvou e aproximou a boca para sentir a respiração.

O fôlego de Pastoriza tinha um aroma cáustico, o que só confirmava as primeiras impressões sobre ele. Dava para imaginar a trajetória do gás carbônico expulso pelos pulmões, o metabolismo rápido, o calor. Nicole bebeu a primeira taça de um gole só, bateu o copo na mesa e explicou a teoria. *Uma grande bobagem* — ele pensou. Mas não disse. Podia ter citado Thomas Mann ou Graciliano Ramos. Dissertar sobre o siroco de Veneza. O vento do deserto. A caatinga.

Preferiu ouvir. Se a menina conseguia ver beleza em gás carbônico, qualquer sintoma de erudição seria a única bobagem daquele diálogo.

— Pensei que fosse eu o psicólogo.

— Todos somos, Antonio. Os nutricionistas, um pouco mais. Os médicos, um pouco menos. Mas somos todos terapeutas.

A segunda taça desceu mais devagar. A terceira nem tanto. Quando o vinho acabou, embarcaram na cerveja mesmo. Esqueceram-se da recepção na prefeitura, dos convidados, do reitor, dos professores. O telefone tocou diversas vezes. Ele o tirou do gancho. O mensageiro bateu na porta. Não atenderam. Desligaram os celulares. Beberam mais cerveja.

Mais e mais cerveja.

E continuaram a teorizar sobre a respiração.

Até que Pastoriza tentou gastar a bioenergia acumulada...

Tanto tempo depois, Nicole ainda se lembrava dos diálogos sobre o gás carbônico. E da cerveja, claro. Sozinha, no consultório de Botafogo, ela sabia que a grande bobagem daquela noite não fora a teoria da personalidade segundo Alexander Lowen. Muito menos o vinho barato ou o bolo no prefeito da cidade.

Sorte que, nos anos seguintes, conseguiria recuperar parte do tempo perdido por fugir do quarto de Pastoriza. Ainda assim, lamentava a fuga infantil, o descompasso, o medo. A maior bobagem da noite foi coisa de mineira, mineira jeca, mineira do interior — dizia, arrependida. E, agora que ele havia desaparecido, o único sinal que restava era uma crônica escrita para ela.

Além de Haroldo Erodes, o professor curioso. O que ele queria, afinal?

Nem diante do pelotão de médicos e enfermeiros, concentrada nos ponteiros do relógio de parede, Nicole se perdoaria por...

* * *

Crônica não é conto de fadas. Você jamais encontra o sapato, Berenice. No máximo, um paletó por cima dos ombros. O tintureiro no dia seguinte. Um belo café no sábado de manhã. Quem precisa de fadas?

O paletó é muito melhor que o sapato. Pense bem! Pés descalços ou o frio nas costas? Capa e espada ou terno e gravata? Cara de anjo ou barba de homem? Essa história de príncipe encantado foi criada pra confundir os hormônios femininos. Basta lembrar de um simples detalhe: o sujeito veste um *collant* apertado com shortinho balonê. Entendeu? Shortinho balonê, minha querida! Que é isso? Onde está a credibilidade?

Você desfilaria pela avenida Rio Branco com alguém assim? Sairia pra jantar no Garcia & Rodrigues? Tomaria um chope no Cervantes? E a galera da Merza, o que diria? Tudo bem, você não vai mais a São Paulo. Pânico de avião, preguiça de rodovia. Então, imagine. Apenas imagine aquela mesa lateral, perto do balcão, cheia de marias-teclado falando do shortinho balonê. Sim, elas gostam. É verdade. Até já babaram naquele menino de um metro e sessenta. (Ele é carioca, Berenice.) Eu sei, não importa. (Tem barba.) Claro, é pra compensar. A altura e o shortinho. E, de vez em quando, o casaco estiloso, comprado no Shopping Leblon. Volte para o paletó, minha querida. Esqueça o resto. Principalmente os sapatos.

Berenice acordou cedo. O sonho ainda estava quente, real. Shortinho, sapato, paletó, príncipe. Uma névoa de pensamentos sem sentido. O enredo surrealista. Um filme de David Lynch. Se tivesse lido Freud, talvez pudesse interpretar aquelas ideias fora de lugar. Lembraria do deslocamento, um conceito vago, pilar do pensamento freudiano sobre os sonhos. A via régia para o inconsciente. A forma mais eficaz de acesso a seus recalques, suas angústias. *Meio pretensioso, né?* Ou não.

— Que pena, não sou psicanalista — pensou, em voz alta, os olhos ainda se acostumando com a luz que entrava pela janela.

— Todos somos. Os jornalistas mais, os psicólogos, menos — respondeu Pastoriza, em pé, na frente da cama, segurando a bandeja com o café da manhã.

Por algum motivo desconhecido (ou recalcado), Berenice vestia apenas uma camisa listrada de manga comprida, sem os três botões de cima, que pareciam ter sido arrancados com violência, deixando fiapos de linha em seu lugar. Ela se acomodou no meio da cama, sentada, pernas cruzadas em flor de lótus, as pontas da camisa cobrindo a parte interna das coxas. Na bandeja, havia apenas um café preto, duas torradas com as bordas enegrecidas, manteiga, geleia de uva e um suco de caixinha, daqueles com mistura de sabores.

— Minha torradeira é velha. A casca sempre fica assim: completamente queimada. Vou cortar pra você.

— Não precisa. Tá ótimo. Adoro pão bem passado — ela disse, ajeitando as mangas.

— Pelo menos a geleia é muito boa. Francesa. Foi presente de uma psicanalista de Bordeaux. Ela e o marido têm um vinhedo e também produzem essa geleia maravilhosa.

— Geleia e psicanálise. Boa redundância. Eu me interesso pelas duas.

— Tá querendo mudar de profissão? — perguntou Pastoriza.

— Não. Só tentava entender o sonho que tive. Queria saber o que vai me acontecer.

— Nesse caso, recomendo uma cartomante. A psicanálise não vai te ajudar muito.

— Será? A parte do café, por exemplo... Eu previ. Tava no sonho.

— Essa é fácil. São restos diurnos. Capítulo sete da *Interpretação dos sonhos*. Posso dizer que você projetou o dia de hoje com base na noite de ontem.

Papinho brabo. A história da geleia e da torradeira estava muito melhor. Berenice começava a achar que a conversa freudiana infanto-juvenil acabaria com as boas lembranças da noite anterior. Talvez o sujeito fosse mesmo um Don Juan genérico, o que nem seria problema. Tratá-la como ignorante é que enfraquecia o cara. Ou, pelo menos, a imagem que tinha do cara. Onde estava o cronista do jornal? Cadê o autor daquelas metáforas precisas, das metonímias poéticas, das frases simples que expressavam a laboriosa tradução da complexidade? Sem didatismo, sem arrogância, sem subestimar o leitor. Onde estava? Onde? Onde?

Meu café da manhã por uma crônica de Antonio Pastoriza!!!

A geleia francesa era muito boa mesmo. Poderia até compensar a decepção. (Um chocolate belga e a serotonina atingiria níveis sexuais.) Berenice acostumara-se às compensações. Colégio católico do interior com púberes em fraldas, faculdade pública com garotos mimados da Zona Sul, redação de jornal com velhos barrigudos que agiam como púberes em fraldas e/ou garotos mimados da Zona Sul. O chocolate ganhava de goleada. Belga, senegalês, australiano. Qualquer um. Na média, um chocolate valia mais do que mil palavras com testosterona.

— Taí um clichê verdadeiro — ela disse, na entropia do raciocínio.

— Qual? A interpretação dos sonhos ou o café na cama? — perguntou Pastoriza.

— Eu estava pensando em chocolate.

— Claro. Foi bom pra mim também.

A risada cúmplice confirmou os clichês e as repetições. Pastoriza abriu uma caixa de Sonhos de Valsa. Nova confirmação.

Então, o cara tinha bom humor! Quantos pontos você ganhou com aquela resposta, Antonio!? Foi-se o psicanalista arrogante e voltou o cronista elegante. Até dessa rima pobre nós fizemos piada. E do sonho. E da cartomante. E da psicanálise. E do jornalismo. E da torrada queimada. E do papinho brabo. E da geleia francesa. E da sua colega de Bordeaux. E da minha paixão, que estava começando.

Ali, você aprendeu a receita. Nos anos seguintes, bastou manter a sagacidade. Você relevou meus gritos, minhas crises, minhas inseguranças. Sempre com uma palavra espirituosa, um comentário jocoso que me desarmava. Não precisou mostrar erudição ou aplicar suas técnicas do divã. Ou será que aplicou?

Não importa. Cada dia mais apaixonada, eu me recusei a ver defeitos. Só queria enxergar o ideal de homem que você encarnava. Culto, moderno, másculo, charmoso e, acima de tudo, bem-humorado. *Ele não pode ser tão perfeito, Berenice*

— diziam minhas amigas casadas, há muito mais tempo no mercado. *Vocês não o conhecem como eu* — respondia, acendendo a vela pro teu altar.

Acendi velas pro teu altar todos os dias.

Com você, nunca houve uma frase feita, uma repetição, uma rotina. Exceto as que faziam parte de nossos clichês, estes sempre cuidadosamente repetidos, até a exaustão, que era a nossa forma de não ser repetitivo, não ser rotineiro, não cair no sofá com o controle remoto nas mãos.

Você tinha o insensato dom da originalidade, Antonio. Você me surpreendia. Não mandava rosas, preferia margaridas, lírios e outras flores de nomes desconhecidos. Não escrevia cartas de amor, desenhava. Não comprava joias, esculpia meus anéis.

E quando eu disse que te amava, você não respondeu com o fatídico *eu também*.

Ponto pra você, Antonio. Arrependimento pra mim.

O que posso dizer? Há momentos (quase todos) em que prefiro a redundância. Por que você nunca disse que...? Por quê? Por que você não disse, Antonio?

Por que não disse?

9. Resultados da investigação

*Ata da 1ª reunião extraordinária em
adendo à 357ª reunião ordinária do
Departamento de Comunicação Social
da Universidade Federal Carioca*

Aos cinco dias do mês de novembro do ano de
dois mil e catorze, isso depois de Cristo, reuniram-se na sala
715 do prédio J da Universidade Federal Carioca todos os trinta
e seis professores do Departamento de Comunicação Social
da referida universidade, com exceção do titular da cadeira
de Psicologia da Informação, o eminente Antonio Pastoriza,
que não justificou a ausência.

O chefe de departamento, professor Haroldo Erodes, abriu
os trabalhos com os informes do dia. A professora de Teledramaturgia, Claudete Clotilde, relatou as dificuldades enfrenta-
das por seus alunos para acompanhar o ementário da disciplina
e informou que vai reformular o conteúdo introduzindo o
método descrito no filme *Holisticofrenia*. O professor Geraldo

Jiraldino, titular da cadeira de Tecnologias da Comunicação, apresentou seu plano de estudos para um curso de extensão em cibercultura literária e informou que pretende oferecê-lo em breve, no prazo máximo de cinco anos. Enquanto isso, pede que o colegiado acompanhe seus microcontos e aforismos publicados com regularidade bimestral no Twitter.

Os demais professores adiaram seus informes alegando que desejavam passar logo para o segundo item da pauta: as investigações sobre o paradeiro do professor Antonio Pastoriza.

Ao solicitar uma questão de ordem, o professor Fabrício Faraó, doutor em Ciências do Design, pediu para ser o primeiro a relatar suas minuciosas incursões detetivescas sobre o caso em questão. Disse que, após árduas tentativas de encontrar o desaparecido, deu-se por vencido e concluiu que ele não mora mais no endereço registrado no departamento.

O professor Haroldo Erodes também discorreu sobre o estafante trabalho de investigação empreendido por ele na semana anterior. Disse que fez diversas entrevistas com a ex-namorada do professor Pastoriza, a nutricionista Nicole Willians, mas não conseguiu informações suficientes para uma conclusão adequada. Como substrato de seu labor, acrescentou que a crônica mencionada na reunião anterior certamente foi escrita para a referida entrevistada. O professor Haroldo Erodes ressaltou sua irrefutável capacidade de entrevistador para, através do olhar de Nicole Willians, não ter qualquer dúvida de que ela dizia a verdade.

A última participante da comissão investigativa, professora Milena Madalena, discordou do professor Haroldo Erodes. A professora lembrou ao colegiado que é ela a titular da disciplina Introdução à Reportagem de Fundo e, portanto, seria a única realmente capacitada para avaliar a veracidade de uma entrevista. A professora Milena Madalena relatou que foi até a redação da rádio Planeta diversas vezes para conversar com outra ex-namorada de Pastoriza, a repórter Berenice Falcão. A professora Milena Madalena ainda ressaltou ter muita intimidade com a repórter, que foi sua aluna, antes de concluir que a referida crônica foi escrita para ela e não para a nutricionista Nicole Willians, entrevistada pelo professor Haroldo Erodes.

O chefe de departamento colocou o assunto em debate. Os professores apresentaram suas conclusões sobre as referidas conclusões antes de chegarem a uma conclusão. Que ficou inconclusa.

Diante do impasse, o colegiado propôs que fosse feita uma votação para saber que relatório seria aprovado. Dezessete votos apoiaram a tese do professor Haroldo Erodes. Dezessete votos suportaram a tese da professora Milena Madalena. Houve uma abstenção, proferida pela professora Claudete Clotilde.

O chefe de departamento, professor Haroldo Erodes, proclamou o empate e se absteve de proferir o voto de Minerva. Assim, ficou decidida a convocação de uma nova reunião sobre o tema para a semana seguinte, no mesmo horário e local. Como adendo, o colegiado sugeriu que a comissão de investigação do paradeiro do professor Antonio Pastoriza utilizasse técnicas detetivescas mais modernas, como buscas no Google, pesquisas de perfis em sites de relacionamento e incursões camufladas às residências dos atuais namorados das ex-namoradas do professor Antonio Pastoriza. O colegiado ressaltou ainda que a camuflagem deve seguir as instruções descritas no livro de Harumi Nakagima, *O periscópio de Plutão*, que contém técnicas desenvolvidas pelo serviço secreto japonês e muito utilizadas no jornalismo investigativo.

Com relação aos onze itens de pauta, remanescentes da semana anterior, ficou decidido que, diante da falta de tempo, eles serão discutidos na reunião seguinte.

Assim, lavrada e assinada esta ata por todos os presentes, deu-se por encerrada a sessão.

10. Pediatria intensiva

Nada como o amor juvenil. Os fiapos de pelo, a insegurança, as espinhas, a imortalidade. O amor juvenil é sincero, úmido, urgentíssimo. Amor de peixe, com as guelras inundadas e o oceano pela frente. O amor juvenil não precisa de explicação, não vem com bula, não tem código de barras.

Em resumo: o paciente desconhece as contraindicações e está proibido de recorrer à Defesa do Consumidor.

Sandrinha se casou com o namorado de infância. Filho de fazendeiro, boa-pinta, carro do ano, dinheiro no bolso. O rapaz tinha a pele branca igual ao leite que saía das enormes vacas criadas em cativeiro na fazenda do pai. Oitenta mil cabeças. O maior produtor do estado.

Ambos tinham treze anos quando começaram a namorar. Casaram-se aos dezoito, assim que ela passou para a faculdade de nutrição. Festa para mil e duzentos convidados. Lua de mel em Orlando. Passeios na Disney, mergulhos no parque aquático, visitas à Universal, aplausos para a baleia no Sea World. Um mês de sonho, financiado pelo sogro, embalado pelo Mickey e despertado pela personagem de outra história, com verruga no nariz e vassoura no estacionamento.

Não demorou muito para Sandrinha perceber o que todos já sabiam. O que a mãe havia alertado. O que a irmã tentara explicar. O que as amigas haviam delicadamente insinuado, a fim de que ela não se ofendesse ou tivesse uma de suas crises neurastênicas, tratadas desde sempre com remédios e terapia.

Em Lavras, todos se conheciam. Não havia segredos. Ninguém se escondia. Quando Nicole mostrou as fotos, ela não quis acreditar. Achou que a amiga — a melhor amiga — estava com inveja, despeito, mágoa por não ter conseguido um marido rico como o dela.

As imagens chegaram por e-mail. Endereço desconhecido, anônimo. Poderiam ter sido manipuladas — dizia, ignorando as inúmeras confirmações, os indícios, as testemunhas.

Depois de entender a verdade, ainda ficou dois anos sem falar com Nicole. Frequentavam as mesmas aulas, tinham os mesmos amigos, mas nem se olhavam. Um período de trevas, como ela mesma definia.

Sandrinha continuou casada, acumulando humilhações e tapas, dissecando a traição. O marido largou a amante, mas logo arrumou outra. Novamente, ela descobriu. E ele tratou de abandoná-la. Uma nova apareceu. Ele desistiu. Até que ela parou de se importar e ele parou de esconder.

Humilhação e tapas.

No quinto período da faculdade, elas reataram a amizade. Sandrinha tomou coragem, pediu o divórcio e se mudou para a casa de Nicole. A amiga não só a acolheu, como virou uma espécie de referência para seus projetos. Sempre recorria a ela quando tinha dúvidas sobre a profissão, sobre o amor, sobre o futuro, sobre tudo. Sandrinha trocou a dependência do marido pela dependência de Nicole.

Dependência cansa.

Após a formatura, Nicole conseguiu emprego no Rio de Janeiro como auxiliar de um médico. A amiga foi com ela, apesar de não ter qualquer perspectiva de trabalho. No início, moraram juntas no apartamento da avó de Sandrinha, em Copacabana, o que amenizou o desconforto com a dependência. Não pagar aluguel era uma grande vantagem pra quem começava a carreira profissional. Além do acolhimento, da intimidade, do rosto conhecido no final do expediente.

As desavenças recomeçaram quando Sandrinha passou a namorar o tal médico, em segredo. Àquela altura, Nicole não era mais a auxiliar do doutor Nogueira. Já dividia o consultório, pagava as contas, tinha uma pequena poupança. Mas a amiga acreditava que ela poderia se sentir traída, desrespeitada, e manteve o sigilo. O médico ainda arrumou uma vaga para Sandrinha na clínica onde era o chefe do plantão, devolvendo-lhe a autoestima perdida para o ex-marido.

O problema se inverteu.

A súbita independência daquela que sempre se mostrara dependente passou a incomodar Nicole. Não dava pra entender por que Sandrinha não a procurava mais, não a perturbava mais, não perguntava sobre o futuro, sobre o amor, sobre a vida. O que estava acontecendo?

Sandrinha manteve o segredo e fez o doutor Nogueira jurar que não contaria nada. Sentia-se segura com a cumplicidade. Pela primeira vez, parecia no controle. Sem recorrer a expedientes histéricos, aos comprimidos, à terapia. A amiga não precisava saber de nada. Amizade verdadeira está muito acima disso. Ela entenderia.

Não entendeu.

Nicole se mudou para Botafogo. Uma casa de vila, pequena, com o vento leste batendo na pequena laje que ela chamava de varanda. A amizade continuou, embora sem o mesmo elã, sem a mesma proximidade. O segredo também.

Mas quando Nicole telefonou para falar de Pastoriza, da crônica de Pastoriza, da possibilidade de ela ser a destinatária da crônica de Pastoriza, uma luz amarelo-grená acendeu na sua recém-adquirida consciência. A amiga não estava bem. Precisava arrumar algum conforto para aquela ilusão de mulher apaixonada.

E ninguém melhor do que o doutor Nogueira, seu namorado, seu amor, sua referência, para encontrar uma solução para o problema de Nicole.

— Você conhece o Pastoriza?

— Claro que conheço. Você sabe que o doutor Pastoriza é meu amigo. Por que essa pergunta agora?

— Nada. Só queria confirmar.

— Confirmar o quê, Sandra? O doutor Pastoriza trabalha aqui na clínica. Você sabe muito bem disso.

— Então, me diz, Nogueira! Me diz!

— Dizer o quê, Sandra?

— Me diz: o que aconteceu com o Pastoriza?

O médico tirou um pequeno caderno do bolso do paletó. A resposta estava escrita no verso da última página.

11. Nossa história

O carro entra na cidade. Faróis se misturam no congestionamento. Luzes de freio piscam, e piscam, e piscam. Vidros embaçados. Pneus corroídos. Caminhões trafegam pela esquerda. Motos em alta costura decepam retrovisores.

A avenida principal tem semáforos a cada trezentos metros. Dessincronizados. Motoristas fecham os cruzamentos. Buzinam. Gritam. Suam. Xingam a mãe de quem aparece pela frente, não importa qual veículo estejam conduzindo. Kombis, Ferraris e Fuscas merecem o mesmo tratamento. Há democracia no caos.

Caos não é desordem. É a criação de uma nova ordem no interior da própria desordem. A ruiva sabe disso. Continua ao volante, impávida, longínqua, as pernas em noventa graus como se estivesse num exercício de RPG. Não mexe um músculo da face. Os olhos retos, o nariz avultante, a boca fechada. Os decibéis de punk-metal em quarto de adolescente não interferem nos ouvidos escandinavos. O batimento cardíaco parece inalterado. Nenhum sinal de impaciência ou descontrole.

O volume das buzinas aumenta.

Olho para o lado. Estou sozinho no banco de trás. Minha companheira negra sumiu. Aonde ela foi? Como desapareceu? Segundos atrás falávamos sobre a história. Contaríamos a história. O que aconteceu? Só me resta essa ruiva estática que não fala comigo, mas sabe que meu nome é Antonio Pastoriza.

Puxo conversa. Comento sobre o calor, sobre o trânsito, sobre a desordem. Desordem não, caos. Corrijo-me a tempo, não quero ser teoricamente incorreto. *Tudo bem? Quente, né? Esse pessoal é mal-educado. Quer que eu dirija?* Nada funciona. Continuo sem resposta. Monólogos de viagem.

Vou contar a história.

A primeira vez que Nina falou sobre o assunto foi na entrada do condomínio, antes da festa do Ricardo, meu colega na clínica. Nós fazíamos uma brincadeira adolescente nos aniversários de amigos que moravam em condomínios. Chegávamos em carros separados, ocupávamos as duas entradas — visitantes e moradores — e fingíamos que não nos conhecíamos.

— O senhor entrou na minha frente. Não vê que eu estava falando com o porteiro?

— Desculpe, minha querida. Pode deixar que eu resolvo. Qual é o seu nome?

— Nina. (Eu sempre a chamei pelo apelido, mas ela só se identificava assim quando estava a sós comigo. Em todas as outras ocasiões, tinha vergonha do cognome. Exceto, claro, nas brincadeiras infantis.)

— Tem alguma... como é mesmo?... Tem alguma Nina nessa lista aí? — eu perguntava ao segurança da guarita.

— Tem sim, doutor.

— Vem comigo, menina, que eu sei onde é a festa. É só me seguir.

Certa vez, o editor do *Correio da Noite* me pediu uma crônica sobre casais. Ou melhor, sobre o sublime ridículo dessas brincadeirinhas a dois. Contei a história em terceira pessoa, inventando uma ou outra coisa, pra ficar ainda mais ridículo. O segredo da crônica estava na capacidade de invenção, mesmo que a história fosse verdadeira:

Ao volante de sua Palio Weekend bege, a menina encosta na guarita do condomínio. Ela para na entrada de visitantes, mas não consegue falar com o segurança. Ao seu lado, o motorista do Audi preto parado na entrada de moradores, que fica mais próxima da cabine, monopoliza a conversa, colocando-se entre ela e o guarda. Ele também está de visita, mas executa a manobra a fim de evitar a fila que se aglomera na outra parte. E quando repara na vã tentativa de comunicação da menina, se oferece para ser o mediador.

— Qual é seu nome? — pergunta, antes de dirigir-se para o homem de quepe preto com uma relação de convidados na mão.

Ouve a resposta com prazer, tenta disfarçar, confere o papel novamente, verifica que ela é convidada e levanta o tom de voz para que todos ouçam.

— Se tá na lista, tá comigo — diz, virando o pescoço lentamente para a moça de olhos rasgados cuja surpresa só perde para a curiosidade sobre o sujeito que esboça um ar sedutor meio sem jeito, canastrão. Ele continua:

— Pode me seguir que eu sei onde é a festa!!!

A menina não hesita diante da certeza do interlocutor. Deixa a cancela para trás, ultrapassa duas ruas e entra na terceira à esquerda, na cola de seu guia. Ambos estacionam o carro em frente à casa branca com luzes de boate e o som bombando nas carrapetas do DJ.

Saem dos veículos rapidamente. O rapaz a cumprimenta com dois beijos na face rosada, passa o braço pela cintura magra e proporcional ao corpo esguio, repara nos lábios em forma de maçã, e destila sua conclusão triunfal:

— Você deve ser convidada do Ricardo. Eu estou promovendo a festa junto com ele. Pode entrar!!!

A menina abre um sorriso discreto, que logo se transforma em uma risada de claque americana, estilo Fafá de Belém. Ela fixa o olhar no rosto do rapaz, entrelaça a mão esquerda levemente suada no pescoço dele e solta sua simpatia juvenil.

— Que Ricardo, que nada!!! Eu vim pra festa da Martinha, não pra sua. Nem sei do que você está falando. Mas adorei.

A parte do Audi preto é mentira mesmo. O resto é quase verdade. Até os nomes são reais. Assim como a cintura fina e as mãos suadas.

Não chegamos a entrar na festa. Senti que ela estava alheia aos afagos de minha prosaica sedução. Que não queria ouvir o hip-hop do Ricardo ou beber a vodca russa da Martinha. Sabe aquela expressão de quem quer dizer alguma coisa, mas não consegue? Pois é: eu chamo de cara de palavra. Nina estava com cara de palavra.

Voltamos para a entrada do condomínio. Parei no estacionamento lateral e deixei o motor ligado por causa do ar-condicionado. O carro de Nina ficou na porta do Ricardo. Era, de fato, uma Palio Weekend. Sem acessórios de fábrica, o que significava passar calor, muito calor. Na verdade, a carroça pertencia à mãe dela e isso era parte do assunto, a motivação daquela cara de palavra.

— O que foi, Nina?

— Sei lá, Antonio. Tô desanimada.

— Ainda é o problema com a tua mãe?

— É e não é.

— Já falamos sobre isso. Ela tá doente, Nina. Precisa de tratamento. Você não pode ter preconceito com isso. É uma doença como outra qualquer.

— Eu sei, Antonio. Concordo contigo. Só que, dessa vez, o problema veio do outro lado.

— Do outro lado?

— A gente nunca falou do meu pai, né?

— Você me pediu pra não tocar nesse assunto. Acho estranho, mas respeito. Não vou bancar o psicanalista contigo.

— Mas eu preciso falar dele.

O pai de Nina dizia que era refugiado da Segunda Guerra, embora tivesse apenas dois anos de idade quando os russos chegaram à Hungria, sua terra natal. Ele gostava de afirmar a identidade eslava, de cantarolar músicas nacionais, de reviver um suposto passado. Contava detalhes sobre os campos de concentração, a fome, a carestia. Tinha sempre um argumento histórico para justificar sua fama de pão-duro, o que, segundo a mãe de Nina, fora o motivo do violento divórcio.

A relação entre pai e filha também carregava essas fantasias sobre o passado. Ele raramente a visitava, a pensão alimentícia estava atrasada e os poucos encontros tinham objetivos, digamos, incomuns — para não ser grosseiro. O velho só a procurava para pedir folhas de papel ofício usadas, além de pequenos utensílios de escritório, como grampos, canetas e borrachas. Usava o verso das folhas em sua impressora multifuncional, encontrada na lixeira de um vizinho dos avós de Nina, onde ele morava desde a separação.

No velho sobrado de Santa Teresa, com vista panorâmica do Rio de Janeiro, o coroa mantinha uma agência de turismo ilegal. Seus clientes, a maioria eslavos, eram arregimentados pela internet, através de uma página muito bem elaborada, com traduções para o húngaro, tcheco e croata. Seduzidos pelos baixos preços e pela facilidade de comunicação, os turistas contratavam o pai de Nina para mostrar a cidade num jipe adaptado, cuja caçamba podia levar até oito pessoas perigosamente acomodadas.

Em três anos de namoro, visitei a casa de Santa Teresa apenas duas vezes. (Provavelmente, as únicas vezes em que Nina também esteve lá durante esse tempo.) Fui recebido pelos avós. O pai não estava. Ofereceram-me um chá de camomila. Aceitei. Se eu disser que o sachê era usado, pode parecer exagero. Sei disso, mas é a verdade. O que posso fazer? Não deixaria de mencionar esse detalhe.

Nunca analisei a menina a partir da árvore genealógica. Muito menos a partir dos hábitos peculiares dos avós. (Novamente uso um eufemismo para não ser grosseiro.) Nina era generosa, despojada. Não tinha nada a ver com esse ambiente. Mesmo assim, seria difícil passar incólume por tantas neuroses e, principalmente, pela indiferença, pelo abandono.

Naquela casa, o problema não era a sovinice (cansei de ser educado), e sim a malquerença em relação ao pai. Um malquerer mitificado pelas narrativas em torno do sujeito, que sempre aparecia como vilão aos olhos da família. (Confesso que, algumas vezes, achei que ela me olhava como figura paterna compensatória, mas a ideia durava pouco. Seria uma interpretação muito amadora, simplista demais.) O fato é que, se amamos as pessoas, devemos amar também as mitologias delas, por mais que nos incomodem, como diria o Herberto Helder, meu escritor favorito.

De qualquer forma, bebi o chá. Degustei aquela água rala como se fosse uma infusão inglesa servida pela rainha Vitória. Em seguida, entramos no quarto do pai, onde funcionava a tal agência de turismo. E lá estavam as centenas de folhas usadas, empilhadas ao lado da impressora, esperando pela utilização do verso. Nas prateleiras, montadas com madeira de demolição, havia dezoito pilhas de jornais, catálogos de telefone, disquetes de computador e outras inutilidades. Na mesa de trabalho, dois porta-retratos. O primeiro com a imagem do Cristo Redentor servindo de cenário para um grupo de turistas. O segundo com a fotografia da mãe de Nina, elegante, bonita, o corpo moreno, os olhos castanhos e o corte assimétrico do cabelo fino, ainda mais castanho que os olhos.

Pensei na mistura genética do eslavo sovina com a morena petulante. A combinação de cores e temperamentos não representava a personalidade da filha do casal. Sorte minha. Embora ela tivesse herdado aquela beleza miscigenada, que chamava a atenção de todos. Sorte minha, novamente. Estranhei que, tanto tempo após a separação, o velho ainda tivesse a foto da ex-mulher na mesa de trabalho. Olhei para Nina. Ela pensou o mesmo.

Sempre tivemos essa bizarra capacidade de adivinhar o pensamento um do outro. Não era só cumplicidade, o que já seria muito. Chegava quase à telepatia, um atributo superior, compartilhado nas situações mais difíceis ou constrangedoras, quando um de nós se antecipava ao outro para resumir um acontecimento ou solucionar um problema.

Aconteceu quando o irmão dela foi preso ao comprar drogas na Rocinha. Aconteceu quando eu perdi o passaporte numa viagem à Europa. Quando ela engordou cinco quilos na Páscoa. Quando eu pedi demissão da faculdade particular. Quando ela encarou o policial que queria multá-la por avançar o sinal de madrugada. Quando eu fiquei inseguro por causa de um amigo de infância que veio visitá-la. Quando o pneu furou na entrada do túnel e nenhum dos dois sabia trocar.

E estava acontecendo de novo. Parado na entrada do condomínio do Ricardo, eu aguardava para ouvir o que ela tinha a dizer sobre o pai. Mas já me antecipava com a solução. Qualquer que fosse o problema, eu resolveria. Nós resolveríamos. Eu amava aquela ninfeta de canelas finas. Não a deixaria só. Nunca. Em hipótese alguma.

Aumentei a temperatura do ar-condicionado. (Quando fica nervosa, Nina sente mais frio do que o normal.) Diminuí o volume do rádio. Desliguei os faróis do carro. Ajeitei o banco para que ela ficasse mais confortável.

Esperei alguns minutos. Em silêncio.

— ...

— ?

— ...

— O problema é com meu pai, Antonio.

— Eu sei. A gente dá um jeito.

— Dessa vez, a coisa é grave. Até a minha mãe tá preocupada. E meu irmão é uma criança, não resolve nada. Só posso contar contigo.

— Então, deixa comigo. Eu resolvo.

— Ele sumiu, Antonio. Meu pai sumiu. Há mais de uma semana que não aparece em casa. Dizem que viajou, que foi visto no aeroporto, que tinha passagem marcada e chegou a fazer o *check-in* no balcão da companhia. Mas ninguém confirma nada. Ninguém me diz nada. Preciso saber o que aconteceu. Por favor, me ajuda, Antonio. Me ajuda!

Nina pousou a cabeça no meu ombro e chorou. Depois de alguns soluços, enxugou as lágrimas na camisa e começou a contar a história do pai. Desde as fantasias sobre a Segunda Guerra até o casamento com a mãe e o divórcio que acabou nas páginas policiais, depois que o velho entrou no apartamento com um revólver da Revolução Farroupilha para tirar satisfações sobre a divisão de bens.

Ela falou durante duas horas, sem parar. Depois, chorou de novo. E adormeceu.

— E você, o que fez? — pergunta a ruiva, interrompendo minha narrativa.

— *I beg your pardon* — respondo, imitando a voz do Anthony Hopkins.

— O que você fez, Antonio?

Não posso acreditar: minha motorista ruiva está falando comigo. Assim, de repente, do nada. Como se fôssemos íntimos. A história ainda no começo, sem os detalhes principais, e a cabeça de fogo resolve abrir a boca! Então, não é mais um monólogo? Não falo apenas pra mim? Vamos dividir impressões, conversar sobre o tempo, quem sabe discutir o roteiro da viagem? *Posso saber o nome dessa cidade? Por que seu cabelo é assim? Pra onde vamos depois?* Penso em todas as perguntas possíveis, mas agora é a minha voz que não sai.

— Você encontrou o pai dela, Antonio?

— ...

— Encontrou ou não encontrou?

— ...

— Nina é o apelido de quem: Nicole ou Berenice?

— ...

— Não seria mais fácil uma corruptela direta?

— Hã! — recupero a voz.

— Corruptela direta: Nice para Berenice ou Nick para Nicole.

— ... — perco a voz novamente.

— Foi para Nina que você escreveu a última crônica? Foi ou não foi? Então fala, Antonio: quem é ela? Berenice ou Nicole?

O carro entra numa rua transversal. A ruiva continua ao volante. Suas feições mudaram, agora que decidiu se comunicar. Parece menos altiva, menos capitolina, mas ainda é azeda. Talvez ela use um piercing no mamilo esquerdo. Ou tenha uma tatuagem tribal descendo pelas costas, invadindo a marca do biquíni. Posso até imaginar uma calcinha de sex shop só pra desmitificar essa pose de Terceiro Reich. Mesmo assim, o aroma de limão verde permanece no ar.

A rua é deserta. Não vejo os faróis de outros veículos. Não há motociclistas costureiros. Nem pedestres pela calçada. Os postes de iluminação não funcionam. Os sinais estão desligados. Minha motorista ajeita as luvas e passa a quinta marcha. Quer saber mais detalhes sobre a história. Eu continuo a contar.

Nina.

Minha história é sobre você, Nina.

No dia seguinte...

12. Ensino superior

A aula começou com quarenta minutos de atraso. A professora Milena Madalena entrou na sala segurando duas coxinhas de galinha com a mão direita e um refrigerante com a esquerda, enquanto equilibrava a bolsa pendurada no ombro. Em luta permanente contra a obesidade, não conseguia resistir aos salgadinhos do quiosque improvisado na entrada do campus, de frente para a rua Visconde de Pirajá, templo do consumo da alta sociedade de Ipanema.

Campus de universidade pública em área nobre da cidade não era um privilégio da UFC. Outros quatro *campi* federais seguiam essa lógica. Filho de rico gostava de estudar perto de casa. (Claro, já ia me esquecendo das cotas.) Então, tá: o filho de pobre que conseguisse entrar na faculdade do governo pelas migalhas da lei tinha que pegar duas conduções pra sair do subúrbio e chegar à zona sul. Os demais podiam pegar uma praia nos intervalos.

Quando o reitor da UFC quis mudar alguns cursos para o bairro do Jacaré, na zona norte do Rio, houve protestos na porta da reitoria. Alunos e professores unidos pelo bem maior:

a estabilidade geográfica. Seria um absurdo transferir aquela gente bonita e bronzeada para uma ilha, longe de tudo, sem a comodidade dos restaurantes e vitrines do bairro.

Milena Madalena havia sido a grande líder das manifestações. Como presidente do sindicato dos professores e dirigente do partido operário (quase eleita vereadora no último pleito) tinha a obrigação de lutar pelos direitos de sua classe. Para isso, contava com um séquito de alunos, seus militantes pessoais, que controlavam o DCE e davam suporte nas reuniões de departamento quando ela queria apresentar um assunto de utilidade pública e polêmica privada. Ou vice-versa. Os mesmos alunos que agora ajudavam com as coxinhas de galinha e o refrigerante.

— Deixa que eu seguro, professora.

— Não!!! Pega só a bolsa. O salgado pode deixar comigo.

Do colete desbotado, Milena Madalena sacou um pedaço de giz colorido e começou a rabiscar o quadro, enquanto devorava as perninhas recheadas com frango desfiado, óleo de soja, catupiry e farinha de rosca. Ambas as tarefas executadas com a mesma mão, já que a outra segurava a Pepsi light, uma escolha consciente, destinada a cumprir duas missões: diminuir as calorias da refeição e enfrentar o império burguês da Coca-Cola.

O pó de giz caía no salgado, inundando o recheio com partículas amarelas, como se fosse um tempero indiano. As patricinhas do fundo da sala mal conseguiam esconder a ânsia de vômito. Um contraste com o bando de pela-saco da primeira fila, cujo sonho acadêmico era ser adotado pela professora durante a graduação e, assim, conseguir um ingresso tranquilo no mestrado e doutorado. Milena Madalena tinha uma linha de pesquisa bem definida, monopólio das verbas do CNPQ e lugar cativo nas bancas de acesso à pós. Babar seu ovo com bacon era o pré-requisito mais importante para os candidatos ao paraíso da carreira docente no serviço público.

A frase no topo do quadro indicava o tema da aula: o *status quo* do editor-chefe. O aluno monitor, que também tinha uma bolsa de iniciação científica da Capes, tratou logo de mostrar seu conhecimento para a orientadora.

— Esse é o capítulo nove do seu livro, professora.

Os demais alunos da frente olharam com raiva, lamentando a oportunidade perdida. Puxar o saco requer *timing*, destreza, sensibilidade. Não é qualquer um que consegue lamber e assoviar ao mesmo tempo. O garoto merecia a bolsa.

— Isso mesmo: capítulo nove — disse a professora. — Agora, eu quero que cada um imagine uma forma de subverter o pensamento dominante... de romper os grilhões da reportagem... de derrubar o editor-chefe... enfim: uma forma de estabelecer novas diretrizes epistemológicas para o trabalho jornalístico.

As patricinhas lá do fundo ainda estavam pensando na coxinha de galinha. Nem repararam na euforia dos alunos com babador. Muito menos na figura exótica, conhecida por todos, que acenava para Milena Madalena da porta da sala. Era a professora de Teledramaturgia, Claudete Clotilde, que parecia muito aflita, insistindo para que a colega interrompesse a aula e viesse falar com ela.

— Bem, senhores. Dividam-se em grupos de cinco e tentem apresentar propostas. Eu volto daqui a pouco.

Milena Madalena saiu da sala preocupada, tentando imaginar o motivo de tanta aflição. Talvez fosse apenas mais uma de suas experiências dramatúrgicas. Ou outra daquelas futilidades televisivas, pensou, balançando a cabeça para os lados e mordendo o queixo.

— O que foi, Claudete?

— Preciso muito falar contigo, Milena.

— Mas tem que ser no meio da aula?

— Qual é a diferença? Você iria sair da sala de qualquer jeito! Não faz isso sempre?

— Faço. Mas esse é o momento em que aproveito pra ir ao departamento e resolver minhas coisas. Eu tenho vida pessoal, sabia?

— Tudo bem, me desculpa. Tenho um assunto gravíssimo pra dividir contigo. Muito grave! Gravissíssimo!

A professora Claudete Clotilde ajeitou o cabelo recém-cortado no salão do Gérson, ali mesmo em Ipanema. Jamais confiaria sua cabeça a outro profissional. Ela tinha estilo, classe, e uma imagem a zelar. Nos anos setenta, quando trabalhava na emissora do governo, namorou músicos da moda e políticos da situação, casou quatro vezes, chegou a ser capa da mais importante revista masculina do país. Algumas décadas e muitas plásticas depois, ainda acreditava nos milagres da cosmética, embora a pele flácida e as mãos enrugadas a desmentissem diariamente, conforme Milena Madalena fazia questão de lembrá-la.

Invejosa, gorda, recalcada — respondia, mentalmente, com olhos de vodu.

Ao caminhar pelos corredores da faculdade, Claudete Clotilde se imaginava na passarela da Fashion Week de Nova Iorque. Jogava o cabelo sobre a testa, traçava uma linha reta para deslizar os calcanhares em semicírculo e apertava os lábios com força, acreditando no seu poder de sedução. A autoconfiança também irritava a professora Milena Madalena, crítica feroz dos hábitos burgueses de culto à imagem.

— Diz logo o que você quer, Claudete.

— É sobre o Pastoriza.

— E o que você tem a ver com esse assunto? A comissão é formada por mim, pelo Faraó e pelo Erodes. Não se meta aonde não é chamada!

— Nossa! Que violência! Não me meti em nada. A informação é que veio a mim. Aliás, como sempre acontece.

(A professora Milena Madalena perde a paciência. Ela é a responsável pela disciplina Introdução à Reportagem de Fundo. Sabe que é a única com capacidade técnica e intelectual para fazer investigações. E também para descrever personagens. Consideramos, portanto, que todas as informações sobre a professora Claudete Clotilde e os demais professores do curso de comunicação social da UFC foram fornecidas pela professora Milena Madalena. Consequentemente, entendemos sua indignação.)

— Você não se enxerga, Claudete? Vai cuidar das tuas aulinhas de teatro e das câmeras de vídeo!

Invejosa, gorda, recalcada.

(A professora Claudete Clotilde domina o diálogo interior. É a responsável pela disciplina de Teledramaturgia. Sabe que pode xingar as personagens mentalmente e ainda continuar sorrindo. Especializou-se no traço mais habilidoso das artes cênicas contemporâneas: o sarcasmo involuntário.)

— Queridaaaaaaaaaa! Não existem mais câmeras de vídeo! Hellooooo! Hoje é tudo digital! Em que mundo você vive?

— Porra, Claudete. Eu tô ocupada. Vai se foder!

(O palavrão é inadmissível no discurso acadêmico. Se o diálogo acima fosse registrado em ata ou levado ao colegiado do curso, caberia um processo administrativo. Mas a professora Claudete Clotilde não quer prejudicar a colega. Limita-se, então, a sacar seu moderno telefone a fim de mostrar as imagens que recebeu por e-mail.)

— Que merda é essa?

(A professora Claudete Clotilde novamente ignora a linguagem inadequada da professora Milena Madalena. A tela do celular mostra imagens feitas no estacionamento de um aeroporto. Vemos o professor Antonio Pastoriza ao lado de uma ruiva. Ela abre a porta do carro. Ele entra. A ruiva segura um objeto prateado. CORTA PARA: o carro saindo do estacionamento.)

— Acabei de receber esse e-mail, Milena. A imagem é clara: o Pastoriza foi sequestrado.

— Não tem nada de claro nessa imagem. Nem dá pra ver se é ele mesmo.

— Óbvio que é ele. Isso foi gravado com celular. Mas a qualidade é boa.

— E de onde você tirou a ideia de sequestro?

— Olha aqui, Milena. (*Mostra o celular.*) A ruiva tá com uma arma na mão.

— Peraí, Claudete. Esse negócio pode ser qualquer coisa.

— Prateado desse jeito? Só pode ser uma pistola.

— Mesmo que fosse (sic), não prova nada.

— Então lê (sic) a mensagem que veio com o vídeo.

Milena Madalena arqueou a sobrancelha direita. Estava sem os óculos pra miopia que lhe conferiam o ar de superioridade intelectual. Franzir a testa pouco adiantava, embora funcionasse como placebo ótico. Então, apertou bem os olhos, trincou os dentes e coçou a orelha para ver melhor. As letras miúdas embaralhadas na tela apareceram lentamente: "Cara professora, o vídeo atachado mostra o que aconteceu com Antonio Pastoriza. Quanto vale o resgate? Cordiais saudações de sua amiga secreta."

— Não dá pra confiar em e-mail anônimo, Claudete!

— Mas as imagens...

— Chega! Isso é uma fantasia da tua cabeça dramática. Tá na cara que o vídeo é falso. Qualquer um pode fazer uma montagem. E se fosse mesmo um sequestro, as imagens não mostrariam a ruiva.

— Já pensei nisso, Milena. Acho que pode ser uma peruca. A gente nem consegue ver a cara da mulher! Devem ter colocado a peruca só pra confundir. Meu palpite é que alguém aqui de dentro tá envolvido no crime.

— Não tem crime nenhum, sua louca! Deixa de paranoia. O próprio Pastoriza escreveu uma crônica dizendo que iria viajar. E foi o que ele fez: viajou.

— Mas o sequestrador pode ter lido a crônica. Daí ninguém desconfiaria — disse Claudete, tomando o celular de volta.

— Já tá passando dos limites, porra! Um leitor de jornal raptando o cronista e pedindo resgate para uma professora que trabalha com ele? Me poupe!

— De qualquer forma, vou levar o vídeo pra reunião de departamento.

— Nem pense nisso! Só vai atrapalhar. Me dá essa porra aqui — gritou Milena.

E apagou a mensagem da caixa postal.

— Pronto! Agora o problema tá resolvido. Boa noite — sussurrou, sinceramente sarcástica.

E devolveu o celular.

Não houve reação. A professora Claudete Clotilde permaneceu imóvel, com o telefone entre os dedos, enquanto observava os passos gordos de Milena Madalena rumo à sala de aula. Uma certeza lancinante invadiu seu corpo. Depois daquela violência, ninguém poderia convencê-la de que a invejosa era inocente.

Invejosa, gorda e recalcada.

E sequestradora.

* * *

No andar de baixo, o professor Fabrício Faraó aguardava o horário de sua audiência com o chefe do Departamento de Comunicação Social, professor Haroldo Erodes. Havia quatro pessoas na pequena sala de espera, entre elas o professor Geraldo Jiraldino, o maior especialista em tecnologia da UFC.

Fabrício reparou na sofisticada câmera acoplada ao celular de Geraldo, que estava conferindo as atualizações de uma rede social. Eram amigos desde o tempo do serviço militar, no GCAN 90 — Grupo de Canhões Antiaéreos noventa milímetros —, o famoso Quartel da Colina, que tinha esse nome por causa de sua localização. Na planície da Vila Militar, ele era o único com um pequeno morro no centro. Os alojamentos ficavam em volta daquele monte, que era estratégico. Quem dominasse o Quartel da Colina dominaria toda a Vila.

Foi o que aconteceu em 1961, quando o presidente Jânio Quadros renunciou e o vice, João Goulart, estava em visita oficial à China. O alto-comando do Exército não queria que Jango assumisse a presidência e se preparou para dar um golpe de Estado. Os comandantes dos quartéis foram avisados, mas o GCAN 90 se recusou a compactuar com a ilegalidade.

O capitão Jorge Cavallero, subcomandante do Quartel da Colina, prendeu o coronel golpista, posicionou os canhões no alto do morro e deu o ultimato: "Se a constituição não for respeitada, nós vamos abrir fogo contra a Vila Militar." Os demais capitães, tenentes e sargentos aderiram imediatamente à legalidade, dando suporte ao subcomandante, que ficou conhecido como o "Cavallero da Esperança", embora não tivesse as mesmas crenças ideológicas do camarada Prestes.

Entre os aspirantes a oficial, apenas Fabrício Faraó e Geraldo Jiraldino ficaram do lado dos golpistas. Três anos depois, quando os milicos de fato assumiram o poder, foram eles que deram voz de prisão ao subcomandante, cujo paradeiro até hoje é desconhecido. Há boatos de que foi torturado, morto e jogado ao mar por agentes do Exército ligados à Operação Condor, que uniu os aparelhos da repressão em todos os países do Cone Sul. Mas são apenas boatos. Não há qualquer relato escrito. Nem a Human Rights Watch se interessou pela história. Muito menos a esquerda brasileira, que já tinha seus heróis e não precisava de novos mártires.

Sorte de Fabrício e Geraldo, que nunca precisaram dar explicações sobre o assunto. Quando se aposentaram (ou se reformaram?) do Exército, entraram para a UFC. Não foi preciso fazer concurso público, já que a admissão ocorreu antes da constituição de 1988. Bastou uma assinatura no Diário Oficial para que fossem nomeados para o magistério superior. E ainda conseguiram ficar no mesmo departamento. Nada como ter bons amigos em Brasília!

O chefe de departamento pediu que entrassem. As audiências deveriam ser individuais, mas o professor Haroldo Erodes sabia que eles tratariam do mesmo assunto. Além de chefe, Erodes também era o decano do departamento. Conhecia todos os professores da casa, assim como suas histórias, suas famílias e, principalmente, o passado de cada um. Entre os sindicalistas, tinha o carinhoso apelido de General Pinochet, em homenagem à sua perenidade no cargo e aos métodos utilizados para isso. Estava há mais de trinta anos na mesma cadeira. Ninguém jamais disputara uma eleição contra ele. Vencera todos os pleitos por aclamação, em votações unânimes. Ou melhor, quase unânimes, pois o professor Antonio Pastoriza sempre se recusava a votar.

Fabrício Faraó o abraçou com entusiasmo. Em seguida, beijou-lhe a falange da mão direita, atitude imediatamente seguida pelo professor Geraldo Jiraldino. Antes de pegar o lenço para enxugar a saliva dos convidados, Haroldo Erodes girou o notebook da escrivaninha na direção deles e apertou o *play* na página do You Tube.

— Vocês vieram falar disso? — perguntou, enquanto as imagens rodavam na tela. As mesmas imagens do e-mail recebido pela professora Claudete Clotilde.

— Viemos sim, chefe.

— E o que preocupa vocês?

Fabrício e Geraldo se entreolharam com pavor. Um pavor ancestral, com raízes. Pavor de quem tem referências. Pavor empírico.

— Mas... chefe, ... isso tááá muuuito claro — gaguejaram.

— Então me expliquem. Porque pra mim não tem nada claro — disse Haroldo.

Fabrício e Geraldo se entreolharam novamente. O mesmo pavor. As lembranças do quartel, do golpe, das salas escuras. Lembranças.

Quase memórias.

— Esse vídeo mostra o Pastoriza sendo levado. No aeroporto, chefe. Olha lá: é ele. Estão levando o Pastoriza.

— Não é o aeroporto, é o estacionamento. E nem dá pra ver se é ele mesmo.

— Claro que é ele. E tem mais.

— O que mais?

— A ruiva, chefe. Olha só pra ruiva.

— Qual é o problema da ruiva? Aquilo ali pode até ser peruca!

— Esse é o problema, chefe. E se outras pessoas acharem que é peruca? Como é que a gente fica?

— Bom, aí é outra história.

— Outra história?

— Outra história, meus amigos. De outras pessoas. De outro chefe. De outros tempos.

Haroldo Erodes tirou duas latas de cerveja do frigobar e serviu os professores. Pelo interfone, mandou a secretária trazer os aperitivos. Dois sacos de amendoim e uma porção de torresminho, pedida no boteco da esquina, que de boteco não tinha nada, apenas imitava os botequins cariocas para vender franquias de sua marca.

Eram sobras do almoço. O chefe de departamento gostava tanto de torresminho que mandava embrulhar os restos.

— Comam. Tá fresquinho — disse, lambuzando as mãos na gordura.

13. Sobre os que não foram

No dia seguinte, encontrei o pai de Nina.

E o perdi para sempre.

O sujeito homem já nasce burro, com neurônios a menos. Depois, vem aquela educação machista que embota ainda mais o cérebro. Ele cresce, come carne, bebe cerveja, se masturba, bebe vodca, se masturba, bebe uísque, não se masturba, sai na porrada com outros idiotas e aprende a ser babaca pela internet. No fim, aplica seus conhecimentos para satisfazer as descargas de adrenalina no lóbulo frontal errado, destrói o(s) casamento(s) e morre sozinho, como sempre esteve.

Não se enganem. Falo na primeira pessoa. O pai de Nina tinha aquela sovinice alucinatória, mas não se encaixa no perfil masculino tradicional. O problema era comigo, um psicanalista conceituado, experiente, lúcido. Como não percebi o óbvio? Como fui tão inepto?

Não bastava encontrá-lo. *Que mané sumido!* — ela diria, meses depois. *Se nunca apareceu, como poderia ter sumido?*

— completava. *Claro que era pra encontrar. Essa porra de psicanálise não te adianta de nada!*

Nina chorou.

— Você tinha que continuar! Continuar encontrando, Pastoriza. Até eu sei disso. A permanência, o cuidado, a cumplicidade, a reinvenção. É tão difícil assim? — pergunta-me a ruiva.

De beduína talibã sem língua, ela se transforma em líder feminista. É uma ruiva engajada, militante. Ruiva francesa nas barricadas de Paris. Ruiva carioca queimando o sutiã na porta do Instituto de Educação. Ruiva judia enfrentando os soldados da Gestapo. Ruiva africana, de pé, matriarca da tribo.

A ruiva continua ao volante, mas mantém os olhos fixos no retrovisor. Fala sem parar. Critica meus modos, minha roupa, meus sapatos, minha personalidade insuficiente. Aponta o medo de ter medo de ter medo. A covardia. O rato saindo do buraco. E a dor. Sinto uma fisgada na espinha. Um choque de trezentos volts no ilíaco subindo pela medula até alcançar o que sobrou de racionalidade.

Eu confesso.

O carro agora está a caminho do aeroporto. As placas indicam a distância: dois quilômetros. Ela troca a marcha e carrega no acelerador. Tem muita pressa. Deve estar cansada do meu fracasso. Preciso dizer que o cronista vive do fracasso, mas ela não vai se interessar.

Recebo ordens:

— Conte a história, Pastoriza! Continue.

O medo de ter medo de ter medo. Nina adorava o Renato Russo. Ouvia o dia inteiro, intercalando com a poesia do

Rimbaud, os romances latino-americanos e a novela da Globo. Podia ser um recado personalizado se eu fosse capaz de entender. Bastava notar o aumento do volume no meio da música, sempre na mesma parte: *o salva-vidas não está lá porque não temos.*

Não notei. O salva-vidas não estava lá.

No primeiro ano, grudamos o couro um no outro até fazer ferida. Tínhamos que recuperar o tempo perdido. Outra música do Renato, eu sei. Mas nessa época ouvíamos Radiohead, Los Hermanos, Beatles e até nos divertíamos com a Lady GaGa, dançando seminus na varanda só pra escandalizar os vizinhos.

Nas noites calmas, as *Peel Sessions* de PJ Harvey e o *remix* do Yo La Tengo disputavam espaço com o velho Miles Davis. Bebíamos o Chateau Laplanche no copo de geleia mesmo, mas só após a decantação.

— Deixa o vinho respirar, meu amor.

Os finais de semana eram todos prolongados. Nina chegava lá em casa na quinta e só ia embora na terça. Vida de casado, eu achava. E continuei achando. Ela separou metade das gavetas do closet, transferiu minhas camisas para o quarto de hóspedes e hospedou os sapatos no lugar da coleção de fitas VHS, devidamente catalogadas no armário da biblioteca. *Bora digitalizar esse negócio, Antonio!*

Concordei.

Nem o que havia de mais perturbador na minha rotina intelecto-urbana era um estorvo. Pelo contrário. Eu gostava dos jogos infantis, das interrupções no meu trabalho, do raciocínio perdido. Há uma certa sedução na ingenuidade. Ou na crença na ingenuidade.

Nina preparava pequenas surpresas em efemérides do calendário judaico-comercial-cristão. Na Páscoa, separou cascas de ovos e pintou-as delicadamente como se fossem obras astecas, deixando-as em um cesto na porta do meu escritório. No Natal, fez um imenso cartão em forma de mosaico com fotos de nossa viagem pela Europa. No meu aniversário, construiu uma bandeja para o notebook, acompanhada de uma proteção de tela com o rosto do Incrível Hulk. *Você é meu Bruce Banner,* dizia, estimulando raios gama por métodos pouco ortodoxos.

E voltava pra minha biblioteca, tentando sorver tudo que encontrava nas prateleiras. Literatura russa, sociologia americana, história francesa, filosofia alemã. Só parava pra ver a novela e o paredão do Big Brother.

Ela conseguia fazer essa mistura entre versos alexandrinos e cantigas de ninar (incluindo o trocadilho). Como se a Sylvia Plath e uma líder de torcida habitassem o mesmo corpo. Num dia líamos *A superação da metafísica,* do Heidegger. No outro, dançávamos o "Ilariê" da Xuxa. E, porra, eu morro de vergonha desse alemão pós-niilista. Prefiro o concretismo da loura, embora jamais tivesse tempo de acompanhar sua pedagogia. Além de não ter nenhum tesão nas paquitas.

Meu negócio é a Nina mesmo.

Seria injusto dizer que metade das minhas crônicas foi inspirada na sua transcendência eslavo-tupiniquim-televisiva. Era muito mais que isso. Todas as crônicas, todos os livros, todos os verbos, advérbios, adjetivos, concordâncias e discordâncias da minha lexicografia primária foram criados pelo dicionário de Nina. Tudo estava nela. Sem exagero. Podem acreditar: não tô pagando paixão. Apenas consignando um fato concreto, lúcido, racional.

Ainda assim, não fui capaz de perceber sua angústia. Não consegui dançar nas entrelinhas. Não olhei pra cima. Não cavei a terra. Não joguei as cartas do tarô. Não li o poema do Carpinejar.

Descobre-se um amor na iminência de perdê-lo.

Quando ela me pediu para encontrar o pai, queria apenas falar sobre nós. Sobre o futuro, sobre a família, sobre a dedicação. Sobre o compromisso. *Ficou assustado?* Eu também. O idiota aqui fez uma interpretação literal, correu atrás do velho, optou pelo mais fácil. O mais fácil era não entender.

Eu posso explicar, Nina. Mas sei que é tarde. Jamais repetiria os erros dele. Cometeria outros, me desculparia, cometeria de novo, me arrastaria. Você nunca teve pai, eu entendo. Sua mãe é uma alucinada, tá explicado. Você queria começar do zero e me escolheu. Escolheu a mim, que sou um idiota e fugi. Fugi sem perceber que estava fugindo. Fugindo de você. Fugindo de mim.

Eu posso explicar, Nina. Você tá me ouvindo?

Coloquei a culpa no teu materialismo, na tua herança genética, no consumo compulsivo, nos óculos Dior, no vestido de festa, na calça jeans de mil e quinhentos reais, na mesa da sala de jantar, que eu comprei sozinho, sem o teu consentimento. Mas eu posso explicar, Nina. Tudo isso vinha de encontro às minhas próprias angústias, batia de frente com minhas crenças, minhas ideias.

Eu posso explicar, Nina.

Tá com tempo? Se quiser eu começo da infância, da (in) conscientização primária, dos passos imberbes. Vou te contar.

Quando nasci, o mundo era dividido em dois. Os exploradores vestiam uniforme verde-oliva, terno com colarinho branco e cartola azul. Roubavam nosso dinheiro, pilhavam nossa liberdade e ainda batiam na gente. Eram muito maus. Ao contrário dos explorados, bem mais humanos. Que vestiam calça jeans, usavam corda na cintura e um lenço na cabeça. Às vezes, o lenço cobria o rosto. Lutavam pela liberdade, pela igualdade e pela justiça. Geralmente, não tinham mais de 30 anos.

Sempre estive ao lado dos oprimidos. Li Engels, Lenin, Kautsky, Plekhânov, Florestan Fernandes e outros teóricos do marxismo antes de completar 18 anos. Não que eu os entendesse, mas era levado por outras leituras. As histórias do Gabeira, do Sirkis e do Marcelo Rubens Paiva falavam de dramas pessoais em meio ao drama maior de lutar contra a repressão. Só evoluí na literatura por mera ignorância, pois achava que todos os autores russos tinham que ser marxistas. Foi o que me levou a Dostoievski, Gógol, Tosltoi e Gorki. (Parei de ler quando me contaram que só o último era realmente leninista.)

Só que o dano já estava feito. Até para um adolescente que se acha marxista é impossível não se emocionar com o Ivan Karamázov diante do filho do servo, pedindo perdão. Queriam me convencer de que a cena não passava de uma estratégia pequeno-burguesa para provocar emoção sem promover a luta revolucionária. Mas, para mim, aquilo era a verdadeira subversão: um senhor humilhando-se perante o servo.

Os filmes engajados também tinham a minha preferência. Não era só o conteúdo panfletário que me conduzia. Era o enredo, eram os personagens. Era o senso coletivo. Todos lutando por uma causa. Alguns Davis idealistas contra milhares de Golias. Queria estar entre eles.

Durante muito tempo, achei que tinha nascido na época errada. Queria participar da passeata dos cem mil. Discursar para os estudantes. Frequentar o Teatro Opinião. Acompanhar Lamarca pelo sertão da Bahia. Lutar com Marighella. Ter um codinome, marcar ponto e trocar de aparelho todo mês, por segurança. Mas, quando chegou a minha vez, aquele mundo dividido em dois já não existia.

Foi difícil me convencer de que eu tinha uma ideia estereotipada do passado. Que estava condenado a buscar a História através de minhas próprias imagens pop e dos simulacros daquela história que continuava para sempre fora do meu alcance, como dizia o Frederic Jameson. Foi difícil me convencer de que eu não tinha mais utopia.

Dá pra entender, Nina?

Nessa altura, o discurso dos velhos barbudos proclamava a ascensão do atomizado, do fragmentado, do superficial, do materialismo sincrônico e vazio. Além de constatar que tudo isso era o reflexo de uma geração. No caso, a minha geração. Só que aí já era demais. No mínimo, uma injustiça. Beatles e Stones também faziam parte deste garoto. Só que eu preferia o Zeppelin. Mas e o Che? O Marx? O Prestes? Eu também tinha sonhado. Fora de época, mas tinha. E no dia em que a bandeira vermelha desceu do Kremlin, fiquei tão perplexo quanto o João Amazonas.

Você me entende, Nina?

Sou dessa geração que um discurso nostálgico mandou pro limbo, chamando-a de geração pós-perdida, sem projetos, sem referências, sem passado, nem futuro. Uma geração que não esteve no Araguaia, não sequestrou embaixadores, não pegou em armas, não foi ao comício da Central e não bailou na curva. Mas uma geração que sempre quis voltar. Voltar, sem nunca ter ido, pois apenas observava o limbo, sem nunca ter estado nele. Eu sou a volta dos que não foram.

Entendeu, Nina?

Quem é o ingênuo, agora?

— Ingênuo, não. Patético. Essa conversinha de utopia mal-compreendida não justifica nada. Você é patético! E covarde!

A ruiva me esculacha. *Pede pra sair, Antonio!* (Eu pediria, se pudesse.) *Tá com medinho, é?* Antes de a viagem terminar, comerei no chão com os outros covardes. Se houver outros. Por enquanto, o único fraco neste carro sou eu, sentado no banco traseiro, sozinho, olhando pra nuca vermelha que me tortura.

— Então, ela é a materialista e você o defensor das causas sociais?

(Não é nada disso, Nina. A ruiva é maluca, esquece o que ela diz. Pode passar na joalheria, na boutique, na galeria, no cartório, onde você quiser. Leva o meu cartão, sem limite, sem prazo, sem prestação de contas. Por falar nisso, gosto da tua mãe. E cuidaria do teu avô pra sempre. Me perdoa por aquele dia na praia: ele queria comer bacalhau, você me pediu pra buscar, eu não fui. Gritei contigo, achei um absurdo, falei que era surreal.)

Estou arrependido.

O carro entra no estacionamento do aeroporto. Paramos numa vaga marcada, em frente ao terminal de carga. Abro a porta. Dou a volta. Suspiro. A ruiva continua me esculachando. Carrego as malas. Sozinho. Todas as malas. Sem ajuda. Malas pesadas. O que levamos na bagagem?

Quase memórias.

Quase sempre são quase memórias.

Pergunto pela negra que me acompanhava no banco de trás. Volto a ser ignorado. Insisto. Nada. Mais uma vez. Silêncio. De novo. Nem uma palavra. Continuo, teimoso, até irritar a ruiva. Você não sabe? Não, não sei. Ela sumiu, desapareceu. Onde está? Sempre esteve aí. Onde? Não vejo nada. Você nunca viu nada.

— Covarde!

Chegamos ao balcão da companhia aérea. Não quero entregar o passaporte. Tenho medo de avião. Por que não continuamos a viagem de carro? A ruiva me olha com desprezo. Fazemos o *check-in*. A comissária (com o mesmo cabelo passado a ferro no tintureiro) me entrega o cartão de embarque.

Tenho que preencher o verso:

Nina.

14. Berenice e Nicole

Por que ele não disse?

Nos anos seguintes, após a separação, a pergunta a torturou todos os dias. Bastava dizer uma vez, uma única e efêmera vez. Não precisava repetir. Ela se acostumara à redundância, amava as repetições, mas abriria uma exceção para aquela frase, a frase, com sinal luminoso, faísca de neon, letreiro de boate, anúncio de motel.

A frase que não veio.

Berenice olhou para o vaso de flores artificiais perto da mesa de mixagem. O frio do estúdio a obrigava a usar roupas de inverno independentemente da estação. Assim como as flores, vestidas de plástico, geladas e permanentes, no aquário da Rádio Planeta. Um contraste com o mundo lá fora, em transformação, cujas notícias chegavam na velocidade randômica da internet.

Lugar de repórter é na rua. Ali, na sua prisão de vidro, tinha apenas o relato mediado (ou mediatizado) da realidade. Realidade que ela mesma trataria de remediatizar para os ouvintes da rádio, que, mesmo assim, se achariam bem informados.

Por que ainda pensava nisso? Seu chefe tinha sido claro: *leia esta merda e pare de encher o saco!*

Então, Berenice se preparou para ler a manchete do dia. Deu um gole no chá verde, lembrou-se das ordens e olhou novamente para as flores de plástico. O jornalismo era objetivo e ela sabia o que estava acontecendo na cidade:

Rio de Janeiro, esquina das ruas Barata Ribeiro e Bolívar, em Copacabana. Sete horas da manhã. Ônibus atropela garota de 22 anos, depois de receber fechada de um carro de luxo. Os paramédicos são chamados. O estado da jovem é grave, mas ela ainda respira. A ambulância a leva para o hospital Souza Aguiar, onde é constatada a morte cerebral. Estamos no primeiro dia da nova lei de doação de órgãos no Brasil, pela qual todos são doadores, a menos que manifestem o desejo contrário na carteira de identidade. A assessora de imprensa do hospital liga para a emissora de rádio. Pode ser um "fato histórico": o primeiro transplante sob a égide da nova lei.

Nove horas da manhã. O pauteiro, jornalista especializado em dizer o que os repórteres devem fazer, escreve um texto com o resumo do fato e sugere a reportagem. Ele já é a quinta pessoa a promover uma construção do acontecimento. A primeira foi a testemunha ocular, que fez o relato para o paramédico, que contou para o cirurgião do hospital, que avisou à assessora de imprensa, que ligou para a emissora.

E assim por diante.

O produtor da rádio faz um relatório para o chefe de reportagem e marca o roteiro a ser seguido pelo repórter de rua, que já é a oitava pessoa envolvida na construção da estória. Se fosse na TV, o repórter diria ao cinegrafista quais imagens deveriam ser feitas para ilustrar a reportagem. Elas mostrariam as marcas de sangue no asfalto, o ônibus parado, e um movimento de câmera que supõe reconstituir o trajeto feito pelo veículo.

Sorte que Berenice trabalhava no rádio, não na TV. Muita sorte.

Com uma narração mais acelerada que o normal, logo terminou o noticiário da manhã e voltou para as flores de plástico. *Por que ele não disse?* Sempre soube que Pastoriza não fazia o tipo clássico, direto, passional. Ainda assim esperava pela frase. Que mal havia em ser objetivo?

No dia dos namorados, quase ouviu o que queria. Passara a semana inteira preparando uma surpresa artesanal, delicadamente construída, como se fosse artista de barracão no desfile do Salgueiro. Ficara orgulhosa de sua costura hábil. Estava confiante, animada, a autoestima firme, os sonhos abotoados na criatividade.

Não gostava de efemérides. Ou fingia não gostar. Isso nos primeiros meses, quando ainda prevalecia o teatro dos amantes. Depois, assumira suas vontades prosaicas, seu jeito mulherzinha, alcunha pela qual identificava as amigas menos intelectualizadas. Que mal havia em comemorar? *Os intelectuais também amam, caros ouvintes.*

Pastoriza a levou para jantar no restaurante da livraria.

Pausa.

Mais uma pausa.

Respirou.

\0/.

A mulherzinha faria um alongamento indiano. A intelectual colocaria os óculos. A repórter perguntaria pelas flores.

Berenice fez as três coisas. (Ou quase.)

Lembram da Berenice leitora? (ver capítulo 3, *op. cit.*): Os clichês deslizando pelas bordas; lágrimas no papel; páginas escumando no entroncamento dos lábios? Pois é. Berenice não lia os romances de Cataguases. Não lia os clássicos. Não lia os escritores premiados. Mea-culpa da própria ignorância. Gostava mesmo é de Antonio Pastoriza.

Tirou os óculos e o beijou.

A mesa ficava em frente à prateleira de semiologia. Podia mandar o Saussure à merda. E também o Jakobson. E o Vanoye. E o Bakhtin. E todos os outros que não lhe serviram de nada na faculdade. Gostava mesmo era de crônicas sentimentais. E de Antonio Pastoriza, é claro.

Sem óculos, sem flores e devidamente alongada, Berenice estendeu o beijo pela noite. Por todos os poros da noite. Agarrou-o pela nuca, puxando os fios curtos, entrelaçando-se na cabeleira a caminho do cinza-claro. Com a outra mão, apertou-lhe o pau duro, úmido, fugindo pelo zíper. A perna direita escorregou por baixo da mesa para servir de apoio, enquanto os movimentos giratórios do pulso se alternavam com a velocidade intermitente dos dedos, deslizando de baixo pra cima e de cima pra baixo, no ritmo dos espasmos ligeiramente contidos para não chamar a atenção.

Pediram o *fondue* de queijo (deslizando pelas bordas), beberam o vinho possível, falaram alto. Repetiram o ritual das mãos, pernas, línguas e zíperes. Beberam mais vinho. Conversaram sobre o tempo, a arte, o mar, a sessão da tarde, os seres humanos. Riram, brincaram, incomodaram os intelectuais das mesas vizinhas. Novo ritual. Mais vinho. E foram pra casa.

Dela.

Berenice entregou o presente artesanal. Continuaram a rir. Um riso diferente, sem a volúpia do restaurante. Pastoriza examinou os detalhes, conferiu a textura, sentiu o perfume do embrulho. Abriu com paciência, tentando imaginar o conteúdo. Não conseguiu. A surpresa o deixou atônito, em suspensão. Teve que apertar os olhos para se conter.

— Berenice... Preciso dizer que...

Ela não deixou que falasse. Jogou-o na cama, apagou a luz, ligou o som e tirou cada peça de roupa, vagarosamente, até recuperarem o clima do restaurante. Tinham tempo. Qualquer que fosse a frase, poderia ser dita depois.

Poderia. Não foi.

As frases não ditas são eternas.

(Como as flores de plástico do estúdio.) Berenice olhou para elas com misericórdia. Estavam perdoadas. Pensou na última crônica de Pastoriza, na última frase da última crônica de Pastoriza. Talvez ele tivesse dito. Talvez dissesse todos os dias. E, na dúvida, talvez perguntasse diariamente: *já te disse hoje?*

Não ficaria sentada, inerte, esperando por notícias dele. Estava na hora de descobrir o que havia acontecido. Estava na hora de ir pra rua, de ser repórter. Estava na hora de insistir.

Pegou o celular e discou o número da única professora da UFC que seria capaz de ajudá-la.

— Alô! Claudete Clotilde? É Berenice Falcão, da Rádio Planeta. Fui sua aluna. Lembra de mim? Preciso muito falar contigo.

* * *

"Os órgãos genitais representados por edifícios, degraus e poços."

Artigo de Freud (1911).

Um dos inúmeros artigos que Nicole não leu na faculdade. Fazia nutrição. Por que se estressar com as aulas de psicologia? Matéria obrigatória do curso, tudo bem. Mas o professor era um velho irritante, expulso de seu departamento de origem, que passava um texto por semana. *Mó absurdo!* Se não lia nem os capítulos obrigatórios do livro de microbiologia, que forças inconscientes a fariam mergulhar em conceitos do século passado?

No consultório que dividia com o doutor Nogueira, as obras completas de Freud ocupavam as prateleiras de cima. Fato inusitado para um cardiologista, cuja preocupação bibliográfica deveria ser com fatores de risco para o coração, como tabagismo, vida sedentária e literatura. Ou com manuais clínicos sobre veias, artérias e regência verbal.

Doutor Nogueira era um intelectual. Nicole o admirava. Não tanto quanto admirava Antonio Pastoriza, mas com ele não dava pra competir. Com ele também se sentia (ou quase) uma intelectual. Aprendera aos poucos, ouvindo um poema, uma citação, uma ideia fora do contexto. Discretamente, pesquisava a origem, caminhava até a fonte, comprava o livro. A cultura começava a fazer parte da sua vida. Um prazer diferente da esbórnia alucinada dos tempos de faculdade. Mas, ainda assim, um prazer. Contra todos os prognósticos, um prazer.

Nos anos que passaram juntos, dividiram a biblioteca dele, explorando filósofos, poetas e semiólogos. Não poderia dizer que chegou a entendê-los completamente. Tampouco o entendimento era importante. Deitavam na poltrona reclinável e liam. Apenas liam, em silêncio, precariamente, sem método, sem cânones, sem fichas catalográficas.

Entre espinhos e alfinetes, Nicole não se machucou muito. Nos textos mais difíceis, quando furava o dedo mindinho, olhava com ternura para as marcas de expressão de Pastoriza, consequência provável das mesmas leituras. E logo suas feridas cicatrizavam. Já os tais textos mais fáceis deixavam-na insatisfeita, embora se identificasse com a aparente simplicidade de alguns romances. Chegara à conclusão de que escrever fácil era muito difícil, "a laboriosa tradução da complexidade", conforme as palavras do cronista.

Nicole não lia os clássicos, não lia os escritores premiados, mas adorava as histórias de Osasco, de Porto Alegre, de Cravinhos, de Itaparica, de Curitiba, de Salgueiro, de Valença, de Biguaçu, de Cuiabá, do sertão baiano e até de Cataguases, que eram seus clássicos pessoais, e, nesse caso, abria uma exceção para autores premiados. Também gostava de ficção científica, de poesia tcheca, de contos de terror, de mitologia galega e de crônicas brasileiras.

Sobretudo, as crônicas de Antonio Pastoriza.

No dia dos namorados, ela o levou a um restaurante frequentado por leitores do gigante Enrique Vila-Matas. Era uma prova de amor. Amor altruísta, abnegado, generoso. Do tipo que assiste ao futebol no domingo. Amor desprendido. Sogra no sofá da sala. Vegetariano na churrascaria.

Nem olhou o cardápio. Deixou que Pastoriza escolhesse os pratos, o vinho, a sobremesa. Comeram um filé ao molho Dublin, acompanhado da melhor safra do Château Noll, que ele sorveu como se fosse a última garrafa da adega. Nicole apenas provou o líquido escuro, molhando os lábios com goles intercalados, sem fazer careta, para não dar bandeira. Mas recusou a goiabada paulista sob a alegação de seguir a dieta feita por ela mesma durante a semana. No final, dividiram o famoso chá de Nagasaki, que Nicole achou amargo, embora tenha degustado com o prazer evocativo de jamais ser abandonada pelo homem a quem tanto se dedicara.

Após o jantar, fizeram das ruas cariocas uma pista de corrida. Pastoriza ao volante, pé lá embaixo, sinais de trânsito sem significado. Quando se está com pressa todos os cachorros são azuis. E eles estavam. Não havia sentido em respeitar as normas. Que normas? De Botafogo ao Jardim Oceânico, levaram menos de vinte minutos. Foram direto pra casa.

Dele.

Pastoriza agradeceu o presente da forma que lhe pareceu mais intensa. Carregou-a nos braços até a biblioteca, ligou o ar-condicionado, fechou a cortina e acendeu o abajur da poltrona reclinável. Em seguida, pediu que Nicole retirasse o décimo primeiro livro da segunda prateleira à esquerda, e começou a ler, em voz alta, para que ela ouvisse o timbre das palavras. Era um texto de Freud (1911).

Edifícios, degraus e poços.

E as paredes do consultório que agora a lembravam da crônica que Pastoriza escrevera para ela. Dos anos em que recuperara (ou quase) o tempo perdido pela hesitação do primeiro encontro. De como se tornara essa mulher esclarecida e bem-amada, como as personagens de... De quem mesmo?

Não se importava com o ceticismo de Sandrinha, para quem aquela crônica não passava de um texto genérico, sem endereço. Já desconfiava que a amiga estava de caso com o doutor Nogueira. Logo com o Nogueira, seu sócio, seu parceiro! Ela não tinha respeito, não tinha ética. As conclusões sobre Pastoriza só podiam ser uma forma de defesa. Ou inveja mesmo.

O fato é que não podia confiar na Sandrinha. Muito menos no tal chefe de departamento que telefonara na semana anterior. O que fazer?

Na tela do computador, a luz vermelha indicava uma solicitação de amizade no Facebook.

Olhou a foto: nem feio, nem bonito.

Verificou a cidade: Rio de Janeiro.

Trabalho: professor de tecnologias da comunicação da UFC.

Nome: Geraldo Jiraldino.

15. Novos resultados da investigação

*Ata da 2ª reunião extraordinária em
adendo à 357ª reunião ordinária do
Departamento de Comunicação Social
da Universidade Federal Carioca*

Aos doze dias do mês de novembro do ano de dois mil e catorze, isso depois de Cristo, reuniram-se na sala 715 do prédio J da Universidade Federal Carioca todos os trinta e seis professores do Departamento de Comunicação Social da referida universidade, com exceção do titular da cadeira de Psicologia da Informação, o eminente Antonio Pastoriza, que não justificou a ausência, e da professora de Teledramaturgia Claudete Clotilde, que abonou a falta com um atestado médico.

O chefe de departamento, professor Haroldo Erodes, abriu os trabalhos com os informes do dia. A pró-reitoria de assuntos acadêmicos avisou que as notas do período letivo devem ser lançadas impreterivelmente até o fim do mês, em formato decimal, de zero a dez. A pró-reitoria comunitária informou que as cestas de Natal, com peru, chester e vinho Forrestier, já se encontram à disposição dos professores. A pró-reitoria de extensão comunicou a prorrogação automática das bolsas para projetos aprovados no ano passado em virtude da falta de tempo para a análise dos novos pedidos, o que só ocorrerá após as férias.

Em seguida, o professor Haroldo Erodes propôs retomar a pauta original da reunião ordinária, mas foi interrompido por diversas questões de ordem reivindicando que a comissão responsável por investigar o paradeiro do professor Antonio Pastoriza apresentasse seus resultados antes de qualquer outra discussão. O chefe de departamento manifestou-se contrário às questões de ordem. Todavia, como elas ultrapassaram um quinto dos presentes, foi lembrado de que, pelo regimento interno, teria de colocá-las em votação.

Por se tratar do mesmo assunto, foi realizado apenas um pleito. Por trinta votos a quatro, a plenária decidiu pela imediata apresentação do relatório. O professor Haroldo Erodes, presidente da comissão, pediu que os demais membros, professores Fabrício Faraó e Milena Madalena, fizessem o relato sobre o caso.

O professor de Tecnologias da Comunicação, Geraldo Jiraldino, apresentou nova questão de ordem, pedindo que as conclusões sobre o paradeiro do professor Antonio Pastoriza fossem deixadas para uma reunião extraordinária, sob o argumento de que os assuntos da pauta ordinária eram mais urgentes. Os demais professores, no entanto, lembraram que já estavam em uma reunião extraordinária. Portanto, não seria regimental convocar uma reunião extraordinária em adendo a outra reunião extraordinária.

Ato contínuo, a professora Milena Madalena falou pela comissão. Em seu relato, elogiou o incansável trabalho dos professores responsáveis pelas investigações sobre o paradeiro do professor Antonio Pastoriza, embora ainda não tivessem chegado a uma conclusão definitiva, lembrando que, ao contrário do senso comum, nem todas as conclusões são definitivas e, portanto, ela poderia apresentar conclusões não definitivas. Assim, entre as conclusões não definitivas, a professora afirmou que a comissão ainda não sabe onde está o professor Antonio Pastoriza. Tampouco houve consenso sobre a destinatária da crônica publicada por ele no jornal *Correio da Noite*. Um terço da comissão acha que a crônica foi endereçada à repórter Berenice Falcão, um terço acredita que a crônica foi escrita para a nutricionista Nicole Willians, e um terço optou pela abstenção.

Sobre o vídeo que circula pela internet com a suposta imagem do professor Antonio Pastoriza no estacionamento de um aeroporto, a professora Milena Madalena afirmou que se trata de uma fraude. Para tanto, contou com a colaboração do professor Geraldo Jiraldino, especialista em tecnologias da comunicação, que atestou a grosseira falsificação das imagens, garantindo que o único elemento verdadeiro no vídeo é o cabelo ruivo de um dos personagens, sendo impossível, por razões técnicas, tratar-se de uma peruca.

Após o relato, cada um dos professores apresentou suas observações sobre o tema, sempre levando em conta o brilhante trabalho desenvolvido pelos comissionados. Não houve consenso sobre as conclusões não definitivas da comissão. O chefe de departamento, professor Haroldo Erodes, propôs que o assunto fosse encerrado, transformando as conclusões não definitivas em conclussões parciais, o que é plenamente aceito pelo regimento interno. A proposta foi colocada em votação, sendo rejeitada por trinta votos a quatro.

A plenária decidiu pela continuação das investigações e encarregou a comissão de fazer novas entrevistas com as ex-namoradas do professor Antonio Pastoriza. A plenária também lembrou que, na reunião anterior, foram sugeridos métodos investigativos modernos, os quais ainda não foram utilizados.

Com relação aos onze itens de pauta, remanescentes das semanas anteriores, ficou decidido que, diante da falta de tempo, eles serão discutidos na reunião seguinte.

Assim, lavrada e assinada esta ata por todos os presentes, deu-se por encerrada a sessão.

16. Um pouco do teu queixo

O avião decola.

Turbulência.

No ar, rarefeito, **umidade** a vinte por cento, lábios secos, poltronas em camisa de força, joelhos na coluna, barras de cereal. A ruiva mastiga o **amendoim** com guaraná servido pelo comissário, pega o folheto plastificado, lê as instruções de **emergência**. Em caso de despressurização, **máscaras** de oxigênio cairão automaticamente. Há seis portas laterais que se transformam em botes **infláveis**. Sua segurança é muito importante para nós. Luzes **vermelhas** acenderão para indicar o caminho. Mantenha a calma.

— É normal — ela diz.

— O quê?

— Esse vento lateral que faz a nave balançar. Quando passarmos pela nuvem, tudo se estabiliza.

— Tudo?

A ruiva não responde. Parece mais **humana**, tolerante, solícita. Mas é apenas uma ilusão. O mesmo desprezo **emana** das frases aparentemente cordiais. Habitamos locais diferentes: eu viajo de avião, ela está em uma nave. Engole os **amendoins** da nave. Lê as instruções da nave. Navega.

Eu voo.

Queria que você estivesse aqui, Nina. A mão apertando minha perna, a cabeça no ombro, o pânico estabilizado pela voz. Tudo se estabiliza, Nina! Pergunte à ruiva. Ela sabe navegar.

— O que sobrou, Antonio?

— Do quê?

— Não é do quê. É de quem.

— O que de quem? — murmuro, pequeno, ainda mais encolhido que as pernas do campeão de salto com vara na poltrona da frente.

— O que sobrou de você? O que sobrou de Nina? O que sobrou de Nina em você?

— Não sei.

A ruiva **continua** a mastigar o amendoim. Na fileira de trás, duas madames de vison **reclamam** do barulho do saquinho. Ela mastiga com mais força e bebe o guaraná na sucção do canudo, **aumentando** o ruído. Dispara o **olhar** vermelho contra as senhorinhas. Em seguida, contra mim. Agora, menos ameaçadora:

— Tente outra vez, Antonio.

— Por quê?

— Não é pra isso que estamos aqui?

— Acho que sim.

— Então diga: o que sobrou?

— **Resíduos.**

— Conte-os. Um por um. Não precisa juntar. Apenas conte... **os resíduos.**

Fica um pouco de teu queixo no queixo de teu filho.

Não era o que eu queria **dizer**, Nina. Nem o que o ele teria **dito**. Mas já estava lá, **escrito**, como se fosse para nós. O que ficou de você em mim foram os fragmentos, polímeros, fractais, resíduos.

E o teu queixo no queixo do meu filho. Teu genoma em cada livro. Tua face em cada linha. Teu sangue em cada frase. Minhas frases, tuas digitais, e teu queixo, teu texto. O que você lê agora é o que resta nos olhos do rufião. Sobrevivi a expensas de galanteador, mas não voltei a me encontrar. Depois de você, todas tinham o mesmo defeito: nenhuma delas era você.

Nunca nenhuma delas será **você.**

17. Curta-metragem

Na sala de redação de Teledramaturgia, disciplina obrigatória do curso de Comunicação Social, o roteiro sobre o encontro de Claudete Clotilde e Berenice Falcão já estava pronto:

CENA 1 — STOCK SHOTS DE IPANEMA
— CAMPUS UFC — EXT. — DIA.

Num passeio de *takes* entrecortados sobre suas ruas e vitrines, mostramos o bairro de Ipanema até parar numa placa que identifica a Universidade Federal Carioca. Pontuação musical. Alunos entram e saem do *campus*. Nos detemos no rosto de Berenice Falcão, muito tensa, em pé, ao lado do prédio da faculdade de Comunicação Social, identificado por outra placa, bem acima de sua cabeça. Ela olha para o relógio.

BERENICE *(aflita)*

Será que ela vai demorar?

Corte seco para Claudete Clotilde entrando no *campus*. Ela veste roupas justíssimas, deixando as gordurinhas amassadas para fora, e caminha pelos corredores com seu famoso passo de modelo aposentada. P.O.V. subjetivo de Claudete Clotilde. Ela observa cada detalhe do figurino de alunos, professores e funcionários. Vê Berenice na porta da faculdade e se aproxima.

CLAUDETE *(aflitíssima)*

Não falei que era pra me esperar do lado de fora?

BERENICE

Qual é o problema, professora?

CLAUDETE

Vamos embora daqui.

CORTA PARA:

CENA 2 — BAR DO TOM — INTERIOR — DIA

Berenice e Claudete estão sentadas no fundo do bar. Duas tulipas de chope em cima da mesa. Nos detemos no rosto de Claudete, que traga a fumaça de um cigarro desesperadamente, apesar da placa com a expressão "proibido fumar" bem acima de sua cabeça.

CLAUDETE

Se alguém me vir com você, estou morta!

BERENICE

Que é isso, professora! Não exagera.

CLAUDETE

Tô falando sério, menina. O cerco está se fechando.

BERENICE

Mas eu só vim falar sobre o Anto... Quer dizer,
sobre o professor Pastoriza.

CLAUDETE

Psssiiiiiii! Fala baixo. Essas paredes têm ouvidos.

BERENICE

Mas, afinal, o que está acontecendo?

CLAUDETE

Me diz você. Não foi você que me procurou?

BERENICE

Te procurei porque você é boa gente.
Achei que me ajudaria.

CLAUDETE

Vou te ajudar, menina. Mas você tem que ser discreta.

BERENICE

Tudo bem. Então me conta.

CLAUDETE

Primeiro você. Me fala com sinceridade.
Pra quem ele escreveu a crônica?

BERENICE

Foi pra mim, claro. É por isso que estou aqui.

CLAUDETE

Eu sabia. Sempre soube. A Milena Madalena
não te procurou?

BERENICE

Procurou sim. Mas eu não confio nessa professora.

CLAUDETE

E é bom não confiar mesmo. Acho que
ela está envolvida.

BERENICE

Envolvida em quê?

CLAUDETE

No sequestro, ora! Ela tentou apagar o
vídeo que eu recebi por e-mail.

BERENICE *(surpresa)*

Que sequestro? Que vídeo?

CLAUDETE

Você não viu? Eu já botei no YouTube. Dá uma olhada.

Detalhe no celular de Claudete. Do vídeo no celular fazemos uma fusão para as imagens originais. Elas mostram Antonio Pastoriza no estacionamento de um aeroporto acompanhado de uma ruiva. Cortamos para o garçom que se aproxima com os aperitivos. Claudete esconde o celular. O garçom serve a mesa e vai embora. Nos detemos na expressão aflita de Berenice.

BERENICE *(aflita)*

Quem te mandou essas imagens?

CLAUDETE *(olhando para o garçom)*

Não sei. Foi anônimo. Mas veio
com pedido de resgate.

BERENICE

Pedido de resgate? Pediram o quê?

CLAUDETE *(ainda olhando p/ o garçom)*

Nada. Esse garçom é meio suspeito.
Pode ser um espião.

BERENICE

Que espião? Tá maluca? Como não pediram nada?

CLAUDETE

Escuta aqui. O que eu sei é que o Faraó
e o Erodes também estão nessa.

BERENICE

Nessa o quê?

CLAUDETE

Nessa conspiração, tolinha! Os três
estão investigando juntos.

BERENICE

E daí?

CLAUDETE

Daí que eles formaram uma comissão
e vetaram o meu vídeo.

BERENICE

Como eles vetaram o vídeo? As imagens
estão na internet.

CLAUDETE

O professor de Tecnologias da Comunicação
disse que era uma fraude.

BERENICE

Vai ver é uma fraude mesmo!

CLAUDETE

Claro que não. Ele também foi cooptado.
É mais um na conspiração.

BERENICE

Como você pode ter tanta certeza?

CLAUDETE

Dá uma olhada nisso.

Novamente, detalhamos o celular de Claudete. Fusão para o vídeo que passa no visor. As imagens mostram o professor Haroldo Erodes discutindo com Antonio Pastoriza. Ao fundo, vemos nitidamente o professor Geraldo Jiraldino observando a cena, com uma pequena câmera na mão. Ele filma a conversa que está sendo filmada.

Nova fusão. Voltamos para o bar. Berenice bebe o chope de um gole só. Claudete acende outro cigarro.

CLAUDETE

Tá vendo? Ainda acha que eu tô errada?

BERENICE *(confusa)*

Isso não prova nada, professora.

CLAUDETE

Acorda, menina! Esses caras foram da repressão.
Trabalharam no DOPS.

BERENICE

E o que isso tem a ver com o professor Pastoriza?

CLAUDETE

O Antonio descobriu tudo. Acho que
ia denunciar os caras!

BERENICE

Mas já tem mais de trinta anos que houve
a anistia. Isso não tem sentido.

CLAUDETE

Para uma jornalista, você é muito mal informada.

BERENICE

Não entendi a ironia.

CLAUDETE

Tô falando da Comissão da Verdade.

CLAUDETE

Sei, é o pessoal do partido.

CLAUDETE

Então?! Esse é o medo deles. O Antonio
tem conexões na esquerda.

BERENICE

Desculpa, mas o Antonio não é de
esquerda há muito tempo.

CLAUDETE

Analista que fuma cachimbo fica com a
boca torta pra sempre, minha filha.

BERENICE *(irritada)*

Não sou sua filha! E tem outra
coisa que não faz sentido.

CLAUDETE

O quê?

BERENICE

Se esse foi o motivo pro tal sequestro,
por que pediriam resgate?

CLAUDETE

Pra despistar. Esses caras são profissionais.

BERENICE

São apenas professores. Isso é paranoia da tua cabeça.

CLAUDETE *(irritadíssima)*

Foi você que me procurou. Acredite no que quiser.

Claudete deixa uma nota de cinquenta reais sobre a mesa e
vai embora sem se despedir. Ao pegar a nota, Berenice percebe
que há uma inscrição feita a caneta no meio da cédula. Detalhamos a inscrição. Lê-se: **Procure o doutor Nogueira. Ele sabe
de tudo.** Ficamos em close na expressão assustada de Berenice.

CORTA PARA:

CENA 3: ESTÚDIO DA RÁDIO PLANETA — INTERIOR — DIA

Berenice com a nota de cinquenta na mão. Mais uma vez, detalhamos a inscrição na nota de cinquenta. *Corte descontínuo.* Berenice operando a mesa do estúdio. *Corte descontínuo.* Berenice narrando as notícias do dia. *Corte descontínuo.* Berenice pensativa, angustiada. Detalhamos a inscrição novamente. Fusão para o *flashback*:

CENA 4: *FLASHBACK* — APARTAMENTO DE PASTORIZA — INTERIOR — NOITE

Pela imagem granulada vemos Pastoriza conversando com o doutor Nogueira na sala de seu apartamento, no Jardim Oceânico. Não ouvimos o que eles falam. Linguagem de clipe. A mesma pontuação musical da cena 1. Berenice traz uma bandeja com três copos e uma garrafa de uísque. Eles se servem. Pastoriza se levanta em direção ao banheiro. Não há movimento de câmera. Em plano aberto, vemos Pastoriza entrar no banheiro e, em seguida, **vemos o doutor Nogueira agarrar Berenice e beijá-la na boca.** Berenice retribui com prazer, arranhando as costas dele por dentro da camisa.

Na imagem do beijo, voltamos do *flashback*, em fusão PARA O:

CENA 5 — ESTÚDIO DA RÁDIO PLANETA — INTERIOR — DIA

Berenice rasga a nota de cinquenta reais. Ainda estamos com a mesma pontuação musical. Ela começa a chorar. Detalhamos os olhos. Detalhamos as lágrimas. E finalizamos com as flores de plástico no estúdio.

FADE OUT.

A música continua.
Sobem os créditos.

FIM.

18. O livro dos rostos

Nicole verificou as últimas mensagens na rede social. Nada de novo, nenhum recado interessante. A solicitação de amizade do professor Geraldo Jiraldino ainda piscava no canto da tela. Não sabia se deveria aceitá-la. Continuava desconfiada com o telefonema do chefe de departamento da UFC à procura de Pastoriza. E, embora estivesse decidida a investigar o sumiço do ex-namorado, permanecia cautelosa, alerta, tentando entender a situação.

Mudou de tela.

Clicou na página da Sandrinha. A foto era antiga, dos tempos da faculdade. Na margem superior, onde ficam as informações pessoais, estava escrito *Em um relacionamento sério*. Só não dizia com quem. Nicole ainda tentou fazer uma pesquisa para ver se encontrava o perfil do doutor Nogueira, mas, obviamente, ele não tinha uma página pessoal. Nenhum médico devia ter.

Os professores tinham. Professores de comunicação precisavam se comunicar. A tela continuava piscando. Não reconhecia a foto. Muito menos o nome. Mas era um colega de

Pastoriza. Trabalhava na mesma universidade, no mesmo departamento, no mesmo curso. Não podia ser coincidência.

Levou o mouse até a esquina da pantalha e clicou no ícone *aceitar*. Segundos depois, uma pequena janela se abriu na margem inferior da página. Era o professor Geraldo Jiraldino convidando-a para um *chat*.

oi bem vinda

obrigada

vc eh mto bonita

obrigada

eh nutricionista

sou

n q eu precise to em forma rs

rs

☺

☺

posso t fazer 1 perg

ok

vc eh solteira

sou

no teu perfil n diz

ta em branco

kd o namorado

n tenho

ta sozinha a mto tempo

+ ou −

Eu tbm

o q

sozinho

ah
vc namorou amigo meu
quem
antonio pastoriza
eh seu amigo
prof aki da ufc
onde ele ta
ia te fazer mesma perg
n sei
tbm n
to preocupada
nos tbm
nos
nos aki da facul
q aconteceu
n sei
vc leu a cronica
li
foi p mim
p vc
foi
certeza
certeza
tem 1 coisa q vc n sabe
o q
o pastoriza namorou outras nicoles
ham?????????
antes de vc
antes

antes

quem

1 jornalista e outra psi

mas a cronica n foi p elas

como vc sabe

detalhes soh meus

ok

soh pode ser p mim

coincidencia

o q

outras nicoles na vida dele

pode ser

e todas parecidas contigo

parecidas como

loiras olhos claros bonitas

como vc sabe

vi tuas fotos aki

como vc sabe das outras

ele mostrou fotos

sei

tbm to preocupado pq ele sumiu

nem me fala

vc pode me ajudar

pensei que vc podia ajudar

vamos nos encontrar

vamos

qdo

amanha

onde

aki no meu consultório

onde eh

botafogo voluntarios 121

q hs

10

ok

bj

bj

Nicole desligou o computador e tomou um comprimido de Rivotril. Não estava nervosa por causa do diálogo virtual com um desconhecido. Pela foto, dava pra ver que Geraldo não oferecia qualquer perigo. Tinha cara de franciscano, jeito infantil e, definitivamente, não era um intelectual. Ou seja: inofensivo.

O que a irritou na conversa foi a menção às namoradas de Pastoriza que eram suas homônimas. Três Nicoles na mesma encarnação dificilmente seria uma coincidência. Não que ela ignorasse o fato. Já lera sobre as gurias nas dedicatórias dos livros mais antigos, além de ter a impressão de que elas estavam nos próprios enredos criados pelo autor, habitando personagens que não eram fictícios, mas representações diretas de sua vida amorosa.

Nada mais autobiográfico do que a ficção, diziam os professores de literatura do colégio.

Anotou o compromisso na agenda de bolso. Estava curiosa para ouvir o que o professor Geraldo Jiraldino sabia sobre as outras Nicoles. Por alguns instantes, esqueceu-se do assunto principal, o desaparecimento de Pastoriza. Sua imaginação, muito ocupada com o ciúme recém-adquirido, não tinha espaço para outras fantasias. Antes que pudesse perceber a mudança de foco, o remédio fez efeito e ela adormeceu no sofá do consultório.

* * *

Na clínica, Sandrinha olhava os posts de Nicole na mesma rede social. O único fato novo era a amizade com um professor da UFC, anunciada na *timeline*. O que ela poderia querer com o professor? Será que ainda estava iludida com a tal crônica de Pastoriza? Precisava falar com o doutor Nogueira urgentemente.

Acessou a página do pseudônimo do cardiologista. Médicos não tinham perfil na internet, mas podiam usar diversos avatares. E os de Nogueira só ela conhecia.

Tentou entrar no chat, mas ele não estava *on line*. Então, deixou uma mensagem privada na caixa de correio: "*Amor, temos que conversar. O assunto é muito grave. A Nicole continua tendo aqueles surtos maníacos com o Pastoriza. E já está envolvendo outras pessoas. Por favor, liga o celular. Beijo grande. Te amo. Sandra.*"

19. Laboratório de design

Você, professor Fabrício Faraó, não deixará que as marcas do passado voltem a arder no cotidiano. Você não deixará que os gritos arranhem a pintura. Você não deixará que as lâmpadas comecem a piscar no telhado. Você não deixará que o odor de pele queimada se misture com o vento.

Você, professor Fabrício Faraó, é um outro. Outros. Outrem. Você dá aulas de design da comunicação. Você é um artista. Você é um poeta gráfico. Você é amado pelos alunos. Você tem responsabilidades acadêmicas, respeito universitário, trabalhos em congressos científicos.

Você comprou o CD do Sonic-Youth, faixa 14, a pintura na capa: *The Eternal.* Você olhou os desenhos no encarte: seus desenhos, professor Fabrício Faraó. Você agora não frequenta o *garage.* Você é velho, professor Fabrício Faraó. Você ainda compra CDs. Você não entende o tempo.

Tempo é expectativa. É o portão de ferro da angústia.

Você, professor Fabrício Faraó, não está preso no que foi. Você não está livre no que será. Mas você manda em seu laboratório. Você discute com o chefe de departamento. Você não permite que o professor Haroldo Erodes dê as ordens, aos berros, como no passado.

— Fale baixo, Haroldo! Esse laboratório é meu!

— Mas a faculdade é minha!

— O seu plano é um fracasso. Ninguém vai acreditar.

— Vão acreditar no que eu quiser.

— Isso aqui não é um dos seus porões, Haroldo. O tempo passou.

— Pra mim, não passou. O que mudou nada muda.

— A própria comissão já começou errada. Porra, a Milena é sindicalista!

— A professora Milena Madalena não é mais o inimigo.

Você, professor Fabrício Faraó, ficará surpreso quando a professora Milena Madalena entrar no laboratório de design. Você lembrará das marcas, dos gestos, das roupas. Você lembrará da carne, do medo, dos traços. Você lembrará da luz direta na madrugada, do banho frio, violentado.

Você nunca lhe dirigiu a palavra. Você nunca ouviu sua voz. Você nunca foi capaz de olhar para a professora Milena Madalena em uma reunião de departamento. Você nunca percebeu a cicatriz no rosto. Você nunca soube da obesidade mórbida, consequência da luz direta na madrugada.

Você, professor Fabrício Faraó, é o coordenador do laboratório. A responsabilidade é sua. O método é seu. A equipe está sob seu comando. Você ensina as técnicas do design moderno. A professora Milena Madalena agora trabalha ao seu lado, faz parte da mesma comissão. É sua colega.

— Não tenha medo, Fabrício.

— Medo de quê?

— De mim.

Você, professor Fabrício Faraó, terá muito medo. Você terá medo da professora Milena Madalena. Você terá medo do professor Haroldo Erodes, chefe do Departamento de Comunicação Social. Você terá medo do professor Antonio Pastoriza, que desapareceu depois de escrever sua última crônica.

— Nós vamos fazer um relatório final.

— Nós quem, Haroldo?

— Eu, você e a Milena. Nós somos a comissão.

Você, professor Fabrício Faraó, dirá ao chefe de departamento que não vai compactuar com a farsa. Você dirá que o laboratório é seu. Você dirá que a professora Milena Madalena sofreu alguma lavagem cerebral. Você pedirá que eles chamem o professor Geraldo Jiraldino para substituí-lo.

Você, professor Fabrício Faraó, ouvirá que o professor Geraldo Jiraldino já está trabalhando com a comissão. Você ouvirá que o trabalho é confidencial. Você ouvirá que o relatório será escrito pelo professor Haroldo Erodes. Você ouvirá que basta assinar o documento na próxima reunião.

Você, professor Fabrício Faraó, dirá que a professora Claudete Clotilde já está desconfiada. Você dirá que existe um vídeo na internet com imagens do professor Antonio Pastoriza. Você dirá que todos podem ver a peruca ruiva no estacionamento do aeroporto. Você dirá que não assina.

Você, professor Fabrício Faraó, ouvirá que a professora Claudete Clotilde terá o mesmo destino do professor Antonio Pastoriza. Você ouvirá que pode ser o próximo caso não colabore. Você achará que tudo isso não passa de uma alucinação, de uma experiência no laboratório. Você assinará o documento.

Você continua o mesmo, professor Fabrício Faraó.

20. Todas as cidades, a cidade

O avião pousa.

Fragmentos de borracha na pista indicam o caminho. Amortecedores tocam a roda, túneis de vento sopram o nariz, pedaços da asa se levantam. O reverso do motor é imprescindível para a boa aterrissagem.

Enquanto vai taxiando pelo aeroporto, o comandante lê a saudação em três idiomas. *Tempo bom a nublado, sujeito a chuvas no final do período. Temperatura amena. Previsão de estabilidade. Sabemos que sua viagem é uma escolha pessoal. Muito obrigado por escolher a nossa companhia.*

Agradeça à ruiva, comandante.

Pela janela, as luzes da cidade se parecem a todas as cidades. Não são. Não é. Não será. Estamos na cidade. A cidade.

— Quantas vezes você esteve aqui, Antonio?

— Não é a primeira vez.

— Nem a última — diz a ruiva, com o mapa nas mãos.

Estou cansado. Queria poder voltar. São muitos compromissos, muitas explicações, muitas horas de voo. E de estrada. Mas a gota de orvalho no cristal me diz que logo chegaremos ao fim.

A gota funciona como lente de aumento para a cidade. Uma cidade ao fundo, ampliada, singular, embriagante. A cidade e as luzes. A ruiva não sairá do lugar que vê através da gota. Não vai perder essa luz.

— Já estamos na terceira escala. Quando vamos parar? — pergunto, ansioso.

— Não é a terceira, é a oitava — ela responde.

Diante de mim, a cidade: a oitava e única cidade.

Se você estivesse aqui, tudo seria diferente, Nina!

Se você estivesse aqui, pela oitava e única vez, prometo que tudo seria diferente. Se você estivesse aqui, eu ouviria os comentários sobre meu egoísmo, concordaria com as mudanças, aceitaria as críticas, não me importaria com a verdade.

Se você estivesse aqui, o teu egoísmo não seria necessário.

Se você estivesse aqui, alugaríamos um apartamento bem pequeno para que os desencontros acabassem se encontrando.

Se você estivesse aqui, chegaríamos no mesmo passo, enfrentaríamos a chuva, dividiríamos a capa e a marquise.

Se você estivesse aqui, comeríamos no mesmo prato, dividiríamos a carne, beberíamos o licor no copo de vinho.

Se você estivesse aqui, levaria teu avô ao médico, cuidaria do teu pai, educaria teu irmão e te daria um filho.

Se você estivesse aqui, arrumaria um quarto pra tua mãe, fingiria que gosto dela e ainda acreditaria nos elogios.

Se você estivesse aqui, dormiríamos até mais tarde, com a cortina fechada e o mundo lá fora, sem importância.

Se você estivesse aqui, passaria o creme nos teus pés depois de lixar tuas unhas pra te livrar da solidão.

Se você estivesse aqui, eu me sentaria na beirada da cama por duas horas, com o paletó fechado, enquanto você escolhe o vestido da festa.

Se você estivesse aqui, puxaria o zíper até o final das costas, deixando minha respiração no pescoço perfumado.

Se você estivesse aqui, sairíamos pela noite da cidade iluminada, veríamos o filme do cineasta desconhecido, descobriríamos um restaurante íntimo, escolheríamos o prato da casa, cruzaríamos a ponte e veríamos o barco pela proa.

E tudo mais. Tudo que você sempre quis:

Ouvir "Indian Maracas", da Pelvs. Dançar na batida do Bob Sinclair. Degustar o *macarron* da esquina. Ler a bíblia do Roberto Bolaño. Ver a exposição do Albuquerque Mendes. Assistir à montagem do Cyrano. Ir ao show do Radiohead e não se conter na quarta música da lista. *I wish I was special.*

Se você estivesse aqui, eu teria evoluído.

Mas você não está.

Quando foi embora, deixou-me a culpa e o atraso.

Ao passar pela alfândega, a ruiva aponta meus sapatos. Tenho que ficar descalço para ser revistado. Sou um dos muitos suspeitos, mas não sabem que sou culpado. Os agentes conferem o passaporte (pela oitava vez) com a desconfiança tradicional, sem perceber meu semblante criminoso. Fazem apenas o serviço rotineiro, de praxe. São muito ingênuos.

Minha vontade é confessar. Dizer em voz alta que não mereço entrar na cidade, que não tenho dignidade, que perdi os sapatos e que Nina está longe daqui, longe de mim. Preciso confessar que ela me deixou.

— Qual foi o motivo?

A pergunta da ruiva interrompe a expiação da culpa. Achei que já tivesse contado essa história, lá atrás, no começo da viagem. *Não contou.* Não contei? E o que venho fazendo, então?

Saímos em direção ao estacionamento do aeroporto. A ruiva na frente, com a bagagem de mão. As malas pesadas estão comigo, no carrinho tortuoso, com rodas de skate enferrujadas, sem qualquer possibilidade de ser conduzido. Tento pisar na traseira do chassi para fazer o alinhamento, mas acabo derrubando tudo.

De joelhos, recolho as roupas que caíram e se espalharam pelo saguão. Um par de sapatos surge na minha frente. Tem salto agulha, quinze centímetros, e panturrilhas negras bem contraídas habitando o tecido fino, importado. Olho para cima. As pernas ainda mais fortes, igualmente lindas e negras, interrompidas pela saia de algodão que é parte do tailleur azul da moça. Ela me repreende:

— Por que não seguiu meus conselhos?

— Você desapareceu — respondo, ainda no chão, meus olhos em *contra-plongée*.

— Não importa. Fui bem clara contigo. Bastava contar a história.

— Achei que não estavam interessados.

— Então continue achando — ela diz, e sai, com passos curtos, sincronizados.

Os sapatos se movimentam com precisão. Há uma cadência elegante no salto agulha. Ela se distancia de mim até se confundir com os outros passageiros e se perder na mistura de etnias do aeroporto. Quando termino de recolher as roupas, quem aparece é a ruiva.

— O que houve, Antonio?

— Ela voltou.

— Quem?

— A mulher que estava no começo da viagem. A negra.

— Claro, só podia ser: a negra. E o que ela disse?

Não respondo. Não é sobre a negra de panturrilhas elásticas que quero falar. Meu assunto é Nina. Vou falar sobre os motivos de Nina.

E sobre essa cidade.

21. Novíssimos resultados da investigação

Ata da 3ª reunião extraordinária em adendo à 357ª reunião ordinária do Departamento de Comunicação Social da Universidade Federal Carioca

Aos dezenove dias do mês de novembro do ano de dois mil e catorze, isso depois de Cristo, reuniram-se na sala 715 do prédio J da Universidade Federal Carioca todos os trinta e seis professores do Departamento de Comunicação Social da referida universidade, com exceção do titular da cadeira de Psicologia da Informação, o eminente Antonio Pastoriza, que não justificou a ausência.

O chefe de departamento, professor Haroldo Erodes, abriu os trabalhos dispensando os informes do dia. Em seguida, a pedido do colegiado, iniciou a leitura do relatório final da comissão formada pelos professores Fabrício Faraó, Milena

Madalena e por ele próprio, investido no cargo de presidente, com o objetivo de conseguir informações sobre o paradeiro do professor Antonio Pastoriza.

No começo da leitura, o professor Haroldo Erodes foi interrompido por uma questão de ordem levantada pela professora Claudete Clotilde, que perguntou se o relatório continha uma conclusão sobre a verdadeira destinatária da última crônica publicada pelo professor Antonio Pastoriza. O professor Haroldo Erodes respondeu que ainda havia dúvidas, mas, seguramente, a referida crônica fora escrita ou para a nutricionista Nicole Willians ou para a repórter Berenice Falcão.

A professora Claudete Clotilde argumentou que o relatório não poderia ser lido enquanto a dúvida não fosse esclarecida, já que não se trataria de um texto final, mas apenas de conclusões parciais, pois não definia se a crônica fora escrita para a nutricionista Nicole Willians ou para a repórter Berenice Falcão. O professor Haroldo Erodes discordou da questão de ordem, argumentando que apontar a destinatária da crônica era desnecessário.

O tema foi colocado em discussão pelo plenário. Todos os trinta e cinco professores presentes discorreram sobre seus pontos de vista. Houve réplicas e tréplicas, além de apartes concedidos para esclarecimentos mais detalhados. Em seguida, o chefe de departamento colocou o assunto em votação. Por dezoito votos a dezessete, ficou decidido que o relatório só seria lido após uma conclusão sobre a verdadeira destinatária da crônica do professor Antonio Pastoriza.

A plenária, então, recomendou a continuação das investigações.

Com relação aos onze itens de pauta, remanescentes das semanas anteriores, ficou decidido que, diante da falta de tempo, eles serão discutidos na reunião seguinte.

Assim, lavrada e assinada esta ata por todos os presentes, deu-se por encerrada a sessão.

22. Pra não dizer que não falei de

O filme começaria com uma citação de Bauman enchendo a tela, sem música: *a líquida racionalidade recomenda mantos leves e condena as caixas de aço*. No minuto seguinte, a escuridão completa. Sessenta segundos de breu até a primeira imagem, em close, ainda no silêncio. E o estranhamento do público diante da face ruborizada e gorda. Um filme de autor, meio *nouvelle vague*, com muitas elipses, falando de um único personagem, a personagem: a tal mulher de face ruborizada e gorda que aparece em close.

A professora de Teledramaturgia Claudete Clotilde pensou na sinopse durante uma viagem de ônibus entre Ipanema e Cascadura, bairro onde morava desde a infância. No colégio de freiras da rua Pompílio de Albuquerque, no Encantado, a menos de um quilômetro de sua casa, escrevera os primeiros roteiros, filmados numa velha câmera VHS que pertencia às psicólogas do Serviço de Orientação Educacional. *Vai, minha filha, coloca essa energia pra fora*, diziam, antes de se espantar com o conteúdo. Eram sempre imagens de animais mortos ou em cativeiro, torturados pela aprendiz de cineasta, que pretendia mostrar o sofrimento para falar da alegria. Editava o material na ilha improvisada com dois videocassetes, cuja montagem ela mesma providenciara, encarregando-se dos custos e da manutenção. Conseguira até uma pequena mesa de efeitos especiais, presenteada pela madrasta sob o argumento de que assim passaria muito mais tempo longe do apartamento de dois quartos que dividia com ela, a meia-irmã e o pai, um ferroviário aposentado. Além de confiscar as televisões de vinte polegadas do auditório para transformá-las em monitores, um para o dispositivo *play* e outro para o dispositivo *rec*, também organizava pequenas sessões de filmes pornográficos para as colegas de classe, que pagavam pela entrada no cineclube, ajudando nas despesas com fitas e demais acessórios. As freiras nunca desconfiaram do negócio clandestino. Estavam mais preocupadas com as imagens gravadas pela própria Claudete. Pássaros sem cabeça, cachorros mancos e ratos dilacerados eram seus personagens favoritos. As psicólogas garantiam que tudo não passava de uma estética peculiar, de pura manifestação artística contemporânea, mas a madre superiora não se convenceu. A produtora de vídeo durou apenas um ano. Foi fechada para proteger o bom nome do colégio.

No Departamento de Comunicação Social da UFC, Claudete Clotilde tinha a sorte de não conviver com censores ignorantes. Apesar da impaciência causada pela parca cultura cinematográfica de seus colegas, jamais ouvira sugestões de cortes ou mudanças nos roteiros. Tinham que ter respeito pela formação acadêmica que ela construíra nas melhores escolas francesas, onde fora aluna de Truffaut e Godard. Claudete

Clotilde conhecia os segredos da sétima arte, dominava as técnicas narrativas mais sofisticadas, era uma virtuose. Sem falar no visual elegante, no porte altivo, na beleza, comparável à das musas italianas do neorrealismo, como fazia questão de lembrar a si mesma durante as filmagens.

Ainda morava no antigo apartamento de Cascadura, herança do pai, morto em um acidente na estrada Rio-Petrópolis junto com a madrasta e a meia-irmã. Ali escrevia seus roteiros, sempre inspirados no cotidiano, conforme fazia na época do colégio, muito antes de conhecer os clássicos europeus. Assim acreditava manter a pureza do olhar, desmitificando a construção imagética por trás da câmera. Como os pássaros decapitados na adolescência, o cinema da professora Claudete Clotilde era límpido, sem as indesejáveis interferências da cultura midiática pós-moderna.

O novo roteiro, que iniciava com a citação de Bauman e o close na face ruborizada e gorda de uma mulher, falava de uma personagem muito próxima: a professora Milena Madalena. Quando o ônibus parou na porta do edifício, as cenas já estavam arrumadas no *storyboard* mental elaborado na viagem. Contaria a história e os motivos de uma vira-casaca, da traidora dos ideais românticos de sua geração. Tudo isso, claro, sem as indesejáveis interferências da cultura midiática pós-moderna.

Eis o roteiro de um roteiro:

Nas folhas de papel ofício que saem da velha máquina Remington da professora Claudete Clotilde vemos diversos tratamentos para o título. Em seguida, vemos a citação, as marcas do silêncio e o close na personagem. O que não vemos é expressão de raiva da roteirista, as lágrimas na represa, o olhar de quem acredita na Sophia Loren que surge no espelho. Não vemos a intenção, as rubricas de tempo, as notas na borda, feitas a lápis, para corrigir os possíveis enganos causados pela influência do convívio com a ignorância dos colegas de faculdade.

Lá pela cena dezoito, vemos a professora Milena Madalena ainda jovem e magra. Ela veste calça jeans, camisa branca e tênis conga. Está em cima de um grande palco, dedilhando o violão solitário, iluminada pelo único canhão de luz disponível. Canta uma música simples, com apenas dois acordes. Na plateia, milhares de pessoas entoam o refrão como se estivessem em transe. Bandeiras vermelhas surgem de todos os lados. A música termina, mas o público continua cantando. O que não vemos são dois homens de terno e gravata na coxia do teatro. Tampouco vemos o revólver que cada um carrega na cintura. Ainda vemos e ouvimos a música.

Na cena vinte e sete, vemos a professora Milena Madalena, que ainda não é professora, embarcando para o exílio.

Na cena trinta e dois, vemos a professora Milena Madalena, que já é professora, voltando do exílio.

Na cena trinta e três, vemos a professora Milena Madalena de braços abertos, nua, deitada no chão molhado de um quarto escuro.

Na cena trinta e sete, vemos a professora Milena Madalena olhando para a luz direta em cima de sua cabeça.

Na cena trinta e oito, vemos a professora Milena Madalena sorrindo para dois homens com as mangas arregaçadas.

Na cena quarenta e cinco, vemos a professora Milena Madalena compondo o hino da aeronáutica e falando para oficiais no clube militar.

Na cena quarenta e sete, vemos a professora Milena Madalena, já velha e gorda, sendo contratada pela UFC.

Na cena quarenta e nove, vemos a professora Milena Madalena usando um broche da aeronáutica na lapela e dando uma entrevista para a TV.

Na cena cinquenta, não vemos a professora Milena Madalena. Sobem os créditos em tipologia arial sobre o fundo negro. Toca a música da cena dezoito em volume decrescente. Retornamos ao silêncio. Revemos a face ruborizada e gorda da primeira cena. A citação de Bauman caminha pelo rosto e segue a canção, cujo volume sobe aos poucos até voltarmos a ouvi-la.

Ponto final.

A professora Claudete Clotilde só terminou o roteiro no dia seguinte. Passara a madrugada escrevendo os diálogos precisos que encantavam o público de seus filmes, sem esquecer de valorizar as indicações de fotografia, parte fundamental para o sucesso de qualquer produção.

As primeiras luzes da manhã entraram pela janela do apartamento misturadas à fumaça dos ônibus de Cascadura, onde se concentravam as garagens das principais empresas de viação da cidade. Antes de tomar o café preto com torradas, pensou na atriz que poderia representar o papel de Milena Madalena quando jovem. Não havia ninguém à altura no Brasil. Teria que contratar uma ótima preparadora de elenco, além de dirigir pessoalmente as cenas mais difíceis, para evitar performances exageradas. No entanto, se era para treinar uma atriz conhecida, por que não lançar uma estreante? Mas quem?

Comeu a primeira torrada com muita manteiga. Despejou quatro colheres de açúcar no café, sugou o líquido pelas bordas e queimou os lábios. Na segunda torrada acrescentou um pouco de mel. Engasgou com as migalhas que se depositaram na garganta. Bebeu mais café. Queimou-se novamente.

Ao lado do telefone, viu a anotação com o número de Berenice, a ex-namorada de Pastoriza, que, apesar de incrédula e teimosa, fora uma de suas melhores alunas nas aulas de Teledramaturgia. Talvez ela pudesse fazer o papel.

Se fosse inteligente, a garota notaria que o roteiro dava uma série de pistas sobre o desaparecimento de Antonio Pastoriza.

23. Berenice procura

Atraição é a forma mais sincera de altruísmo. Poderia ter lido a frase em algum livro de autoajuda ou num desses romances de entretenimento, mas lembrou-se de um crítico literário que identificara o estilo Nelson Rodrigues naquele aforismo. Então, devia ser um autor sério, talvez erudito, alguém que, de fato, entendesse o que ela estava passando. Quiçá um médico ou um artista plástico, os profissionais com maior sensibilidade para as questões ligadas ao altruísmo e à literatura.

Ancorada nas reflexões sobre a frase, Berenice tentava reviver sua história com Antonio Pastoriza. Ainda estava perturbada com as palavras da professora de Teledramaturgia. Como ela poderia saber de seu envolvimento com o doutor Nogueira? Por que havia escrito o nome dele na nota de cinquenta reais? Qual era o objetivo de Claudete Clotilde?

O caso com Nogueira não fora o único durante o namoro com Pastoriza. Nem mesmo o mais importante, o mais memorável, ou o mais tórrido, para usar uma palavra que suas ouvintes adoravam. Nos finais de semana, Berenice apresentava um programa de flashbacks, o *Good Times Planeta*, em que lia cartas de mulheres apaixonadas com fundo musical do Bee Gees, do Abba, do Roupa Nova e de outras bandas caramelizadas. A audiência era medida pelo conteúdo das missivas e, invariavelmente, quanto mais tórridas as histórias, maiores os números do Ibope.

Certa vez, leu uma carta escrita pela "Mariposa de Honório Gurgel" e endereçada para "O Samurai". Assim mesmo: com letra maiúscula e artigo definido. A ouvinte dizia que conhecera o nobre fidalgo japonês numa mesa de bar junto com outras amigas, mas, a princípio, jamais se interessara pelo (palavras dela) charme oriental do moço, que era treze anos mais velho. Entretanto, continuava a ouvinte, num belo dia (ainda palavras dela), ele telefonou no meio da madrugada e fez um convite para que o encontrasse na porta de uma boate na Barra. A missivista não só aceitou o convite, que considerou excitante e inusitado, como acabou a noite na casa dele, onde encontrou duas afiadíssimas espadas de samurai. Embriagada pela vodca que bebera na boate, ela arrancou a blusa do japonês com as espadas, cortou as alças do vestido e rolou com o japa pelo chão da sala. Fizeram amor entre as lâminas (novamente palavras dela), suados, extasiados e com alguns cortes pelo corpo. Um amor que se prolongou pela manhã seguinte e se repetiu por muitas outras madrugadas. Um amor tórrido, segundo a ouvinte. Com um pequeno contratempo: ambos eram casados. Um contratempo filho da puta (agora nas palavras de Berenice).

Comparava a história da ouvinte com a sua. Era apaixonada por Pastoriza, sempre fora. O caso com o doutor Nogueira nem chegara a ter espadas de samurai ou coisas do gênero. O contratempo filho da puta era que o doutor também era casado, e ela tinha namorado. Um namorado que era amigo dele, que trabalhava com ele. Isso sim era ser filha da puta de verdade.

Berenice gostava do perigo que aquele caso representava. Gostava do risco de ser pega em flagrante no meio da sala, enquanto Pastoriza ia ao banheiro. Talvez essas fossem as suas espadas. Talvez esse fosse o único caminho para manter a paixão por ele. Talvez fosse realmente altruísta.

Os outros casos haviam sido diferentes. O mais tórrido, para usar a expressão das ouvintes, começara na véspera do dia dos namorados, quando ela passeava pelo shopping em busca de um presente. O homem apareceu pelo reflexo da vitrine, meio difuso, com os olhos na direção dela. Berenice fez de conta que não notou e seguiu pelo corredor, sem se virar. Só parou na cafeteria da praça de alimentação, onde pediu um *cappuccino* e uma fatia da torta de amora recém-saída do forno. Na hora de pagar, ele esticou o braço e pediu licença. Também queria um *cappuccino*, mas não tinha trocado. Pagaria a conta dela como gentileza e para trocar o dinheiro, o que Berenice tentou recusar, sem muita insistência. Sentaram-se nas poltronas do canto, cujas mesinhas ficavam um pouco distantes do alcance das mãos. Sempre que ela queria pegar a xícara, ele tratava de se mexer, evitando-lhe o estorvo de tirar a bolsa do colo, segurar a saia justa e escorregar pelo sofá. Um homem gentil.

Conversaram sobre o tempo, sobre a torta, sobre o *cappuccino*, sobre a saia justa que ela usava. Evoluíram para a forma física, o calor, as relações amorosas, o mundo contemporâneo. Pediram outros *cappuccinos*, outras tortas, algumas doses de licor para acompanhar. E o papo finalmente chegou aonde queriam: ficaram horas no assunto. Falaram sobre posições, gostos, culturas, fisiologia, *kama sutra*. Trocaram confidências, fingiram o rubor da pornografia, juntaram as poltronas, aproximaram as coxas. Depois de três ou quatro piadas eróticas, ele a puxou pela mão e saíram da cafeteria em direção ao banheiro masculino. Ela ainda relutou, mas se deixou levar. Entraram correndo na segunda cabine à esquerda. Havia outros homens, em pé, nos mictórios — que não entenderam bem a cena, ou simplesmente não enxergaram. Os demais, nas cabines ao lado, ouviram os arfantes da respiração. Tampouco entenderam. Na verdade, ninguém estava muito preocupado. Berenice e o homem gentil nem pensaram no que poderia acontecer caso fossem flagrados pela segurança do shopping. Quando saíram do banheiro, as lojas já estavam fechadas. Ela ainda teve que improvisar o presente do dia seguinte. Ele contribuiu com a ideia, ajudou-a a inventar desculpas, montou álibis perfeitos. O caso continuou por meses, sempre em locais públicos, onde transavam com a perene expectativa de que poderiam ser pegos a qualquer momento. Mas não foram. E o caso acabou por falta de emoção.

Para Berenice, as traições nunca representaram um risco verdadeiro para a sua relação com Pastoriza. Ele estava acima de qualquer desejo repentino. Era o homem que amava, seria pai de seus filhos, viveria para sempre ao seu lado. Só ele — e quem mais? — teria a capacidade de preencher as indulgentes lacunas do amor. Só ele teria o conhecimento. Só ele teria a sensibilidade. Era o que pensava e repetia, diariamente, para si mesma e para a boneca de pano presenteada pela mãe quando tinha quatro anos.

Até que o doutor Nogueira reapareceu em suas lembranças.

Antes da conversa com a professora Claudete Clotilde, nunca pensara na real importância do envolvimento com o médico. Nem para a boneca de pano havia falado dele. A boneca que a acompanhava desde a primeira internação da mãe, que tinha a saúde de plástico — como as flores do estúdio — e passara a maior parte da vida em clínicas e hospitais.

Quando Berenice precisava de uma confidente digna, sabia exatamente a quem recorrer. Então, por que jamais comentara sobre o amante com ela, a amiga de pano? Por que só agora tinha vontade de conversar sobre esse assunto? Por que a imagem do doutor Nogueira retornava com tanta força? Afinal, onde estava o amor por Antonio Pastoriza?

Uma ideia apavorante tomou seus pensamentos. Tão apavorante quanto os pesadelos da boneca nas noites de verão, entre os relâmpagos da cidade. Uma ideia sinistra. Uma ideia ameaçadora. Uma ideia que a deixou sem ar:

E se a crônica de Pastoriza não fosse para ela?

Berenice pegou a bombinha da asma na gaveta superior da escrivaninha. Deu três golfadas seguidas, com força, dilatando os alvéolos que fecharam com o susto. Aos poucos, voltou a respirar normalmente, contando os movimentos de inspiração e expiração em doses ritmadas, para recuperar o fôlego. Mas a ideia continuou martelando as sinapses que ainda tinham oxigênio.

E se a crônica de Pastoriza não fosse para ela?

Deu outras duas golfadas na bombinha, pegou a bolsa, bateu a porta do estúdio e foi embora sem falar com ninguém. Na pressa, esqueceu a nota de cinquenta em cima da mesa de sonoplastia. Nem ouviu quando o operador de áudio gritou seu nome com a cédula na mão.

Berenice não perderia mais tempo. Precisava encontrar o doutor Nogueira. Com urgência. E mais uma golfada na bombinha.

24. Nicole se encontra

Os outros são nossos narradores. Não há fuga possível para o discurso alheio que nos constrói. Estamos à mercê dos advérbios que não queremos, dos adjetivos que não merecemos, dos pronomes que não escolhemos. Nossa história não nos pertence.

Sobram os rótulos, epítetos, estereótipos.

O estereótipo rouba a oportunidade de ser diferente. É a aplicação mais cruel da avareza cognitiva do mundo. Uma condenação perpétua ao que está na etiqueta. A certeza de que se você tropeçar no vaso de begônias é um desatento, ao passo que, se o outro tropeçar, a culpa é de quem colocou o vaso no corredor.

Sandrinha tinha apenas uma ideia da ideia que o doutor Nogueira fazia dela. Isso era injusto, irritante, incompatível com o nível intelectual do médico. Ele devia prestar mais atenção nela, perceber suas habilidades, seus progressos, sua enorme sensibilidade para analisar os graves problemas que afligiam os colegas. Sandrinha o amava, e o mínimo que esperava em troca era reconhecimento. Queria acabar com o rótulo de mimada, dependente, irascível. Precisava mostrar quem realmente era. Mas só valeria a pena ser quem realmente era se o doutor Nogueira a visse como realmente era. Aí estava o problema: como já dissemos, Sandrinha tinha apenas uma ideia da ideia que ele fazia dela.

Quando mencionou a obsessão de Nicole com a crônica de Pastoriza, tentava mostrar suas habilidades interpretativas para o médico. Conhecia bem a amiga. Tinham intimidade, viviam juntas desde a infância, eram muito ligadas. A garota estava indelevelmente obcecada pelo texto publicado no jornal. Poderia garantir o diagnóstico, assinar o laudo, prescrever a medicação. Mesmo assim, o doutor Nogueira ainda tratava o assunto com cautela.

— Não te entendo, meu amor — ela dizia para o médico.

— O que você não entende, Sandra?

— A tua falta de atitude. Já te contei tudo sobre a Nicole.

— E o que você acha que devo fazer?

— Sei lá! Conversar com ela, mostrar a realidade, ser sincero. Até passar algum remédio ou indicar um especialista, se for o caso.

— Por que você está tão preocupada com a sua amiga?

Assim ficava difícil. Será que teria de explicar tudo novamente? Começava a achar que o namorado não era tão inteligente. Ou, então, ele ainda a subestimava. Talvez nem a amasse como antes. Poderia até ter arrumado outra mulher na rua. *O que não falta é periguete nessa cidade!* Mas ele não faria isso. Ainda era o Nogueira de sempre: fiel, atencioso, romântico. Explicaria de novo:

— Meu amor, eu já te disse: a Nicole procurou um professor da faculdade na internet. Eu vi. É um tal de Geraldo Jiraldino. Acho que eles vão se encontrar. Isso é loucura. E é perigoso.

— Por que é loucura e por que é perigoso?

— Você ainda pergunta? Ela tá começando a envolver outras pessoas nesse surto psicótico.

— Não é um surto psicótico.

— Como você sabe?

Pela segunda vez na mesma semana, o doutor Nogueira tirou o caderno que carregava no bolso do paletó e o entregou a Sandrinha.

— Toma! Leia tudo que está escrito. Depois voltamos a conversar.

* * *

O encontro estava marcado para as dez horas. Nicole chegou ao consultório com quarenta minutos de antecedência, a tempo de fazer o café e abrir a janela para tornar o ambiente mais agradável. Como só tinha pacientes marcados para depois do meio-dia, dispensara a secretária na parte da manhã, a pedido do sócio, que precisava dela para fazer alguns pagamentos no banco. Na verdade, as dispensas eram constantes, já que o doutor Nogueira não tinha qualquer senso de organização e sempre deixava suas contas para o dia do vencimento. Mas como ele era o dono do imóvel — além de responsável pela indicação de quase todos os seus clientes —, ela nunca se importava.

Naquele dia, a ausência até lhe parecia conveniente. Não desejava que houvesse testemunhas da visita do professor Geraldo Jiraldino, cujas consequências poderiam sair do seu controle. Talvez precisasse levantar a voz ou fazer alguma pressão psicológica para arrancar informações. O que ele dissera no chat da rede social a havia transtornado. Essa era a palavra exata: transtorno. Estava trans-tor-na-da. Como assim várias Nicoles? Como assim loiras? Como assim olhos claros? Tudo bem, ela já sabia. Mas não era pra sair espalhando por aí: Olha, eu sou o Antonio Pastoriza, já namorei três Nicoles, todas muito parecidas. Como assim fazer divulgação, Antonio? Como assim falar com os outros professores da faculdade? Como assim, porra?!

Caralho puta-que-o-pariu merda. Nicole soltou uma espécie de mantra para se acalmar. Repetiu as palavras dez vezes, além de tomar dois comprimidos de lormetazepam para melhorar o desempenho. Como nenhum ansiolítico no mundo seria suficiente, encarou logo um benzodiazepínico hipnótico, o que não hipnotizava ninguém, só tinha o nome difícil e a deixava um pouco mais tranquila.

Remédio com nome fácil não fazia efeito.

Ainda pensou na fluoxetina que estava no armário do Nogueira, mas era uma droga que demorava muito pra dar liga e só curava depressão. (Depressão a longo prazo, diga-se de passagem.) Não ia adiantar numa situação de emergência. Muito menos a sertralina, a tianeptina ou trazodona, que também tinham nomes eficientes, mas o mesmo problema com a velocidade dos resultados. Talvez usasse a mianserina, muito boa pra melancolia, que não era o caso agora, embora certamente viesse depois.

Sentia-se feliz em ter tantos conhecimentos farmacológicos. Se não fosse nutricionista, seria facilmente dominada pela ansiedade. Ainda bem que escolhera a carreira certa.

Às dez em ponto, o professor Geraldo Jiraldino tocou a campainha do consultório. Vestia uma camisa polo, calça jeans e tênis All Star sem meia. Tinha cabelos pretos, barba feita e poucas rugas para a idade. Usava um perfume neutro, provavelmente presenteado pela filha. A discreta concentração de gordura na região abdominal ficava escondida pela blusa, cujo elástico no braço ressaltava o tríceps bem-definido, resultado de muita malhação na juventude.

Nicole puxou uma cadeira e ofereceu café.

— Sem açúcar, por favor — ele disse.

— Muito bem. O açúcar é um veneno — ela comentou.

— E o café amargo funciona como antioxidante.

— Embora aumente a pressão arterial.

— Só em excesso. Duas ou três xícaras por dia não fazem mal.

— O senhor tem conhecimento científico, professor Geraldo.

— Você é a nutricionista, Nicole. E não me chame de senhor. Conversamos pela internet. Já somos íntimos. Não precisamos de formalidades.

— É o milagre da tecnologia. Aproxima as pessoas.

— Sempre digo isso aos meus alunos.

— Achei que um professor de Tecnologias da Comunicação seria um desses nerds de vinte anos. Nunca pensei em alguém como você.

— Alguém velho?

— Não. Alguém assim... Interessante...

— Você fuma?

— Não. Por quê?

— Vi o cinzeiro ao lado da mesa.

— É só um enfeite. E você? Fuma?

— Também não.

— Melhor assim. Não gosto do cheiro.

— Em Paris, ninguém pode fumar em lugares fechados. Mesmo com o frio abaixo de zero as pessoas vão pra rua acender o cigarro.

— Você vai muito a Paris, professor? Quer dizer... Geraldo.

— Só na primavera. Não gosto do inverno, e no verão tem muitos turistas. A cidade fica um inferno. A gente só vê brasileiro e chinês. É um horror.

— Adoro Paris.

— Já foi?

— Nunca. Mas é o sonho da minha vida: conhecer a torre Eiffel.

— Então você vai realizá-lo.

— Acho difícil. Aqui as coisas são complicadas.

— Pra tudo na vida tem uma solução.

— Me desculpe, mas pra tudo não tem.

— Claro que tem.

— Não. Pra morte não tem.

— Se você for espírita, tem.

— Mas aí não é vida, é religião.

— É vida após a morte. Um outro tipo de vida. Num plano astral, paralelo. Sem dor, nem sofrimento.

— Vida boa, então.

— Sim, vida boa. É só morrer.

— E se for em Paris, melhor ainda, não é?

— O quê: viver ou morrer?

— Um depois do outro.

— Onde é o banheiro?

— Ali: primeira porta à direita.

O professor Geraldo Jiraldino abriu o zíper com dificuldade. Pensou que estava excitado, mas se enganou. A cueca nova tinha enganchado na calça, atrapalhando o movimento. Soltou o jorro com cheiro de cafeína admirando a privada moderna do consultório, meio retangular, com retoques coloridos e um patinho purificador pendurado na parte interna. Gostou muito da privada.

Nicole ouviu o barulho na água com satisfação. Homens fortes mijavam com força. Não importava a idade. Enquanto os rins e a bexiga pudessem fazer seu trabalho, a virilidade estaria garantida.

O professor saiu do banheiro e pediu mais uma xícara de café.

— Sem açúcar, né?

— Sim. Mas bem cheia — ele respondeu. E ela verteu o líquido escuro vagarosamente, antes das três mexidinhas com a colher, apesar de não haver nada para mexer.

— Posso te fazer uma pergunta pessoal?

— Claro. Somos íntimos.

— Você tem mesmo certeza?

— De quê?

— Da crônica. Do Pastoriza. Você tem certeza de que a crônica do Pastoriza foi escrita pra você?

Nicole já havia se esquecido do assunto daquele encontro. E também dos remédios que tomara, cujos efeitos começavam a aparecer. Estava um pouco tonta, mas ainda continuava razoavelmente alerta.

— E você? Tem certeza?

— De quê?

— Das outras Nicoles?

— Infelizmente, tenho. Mas achei que você já soubesse.

— E sabia mesmo.

— Então qual é o motivo da pergunta?

— Talvez seja uma resposta, não uma pergunta.

— Quero mais um café. Posso me servir?

— Fique à vontade.

Geraldo Jiraldino tomou sua terceira xícara, fora as outras cinco consumidas no desjejum, estas com adoçante, pois não precisava impressionar ninguém. Não eram nem onze horas e já podia sentir os efeitos do aumento na pressão arterial.

— Seu café é muito bom.

— Obrigada. O segredo está no pó. Tem que ser na medida certa.

— Em Paris, o café é quase uma instituição.

— Adoro aquelas mulheres bem-vestidas, lindíssimas, degustando o café nas varandas. Chiquérrimo!

— Café de Flore, Deux Magots, La Coupole. Em qualquer um deles, você seria a mais elegante, a mais bonita.

— Não conheço esses nomes, mas já estou gostando.

— E se fôssemos juntos?

— Você é louco! A gente mal se conhece.

— Que é isso?! Somos íntimos, lembra?

— Claro: a tecnologia.

— A tecnologia e o café. Conheço o seu café, conheço o seu banheiro, conheço o cinzeiro vazio.

— Você é sempre tão poético assim?

— Trabalho com tecnologia. Tenho que ser.

— E vai me levar pra Paris?

— Vou te levar pra Paris. Podemos ir amanhã mesmo, se você quiser.

— Você é um homem bonito, Geraldo.

— Mais bonito que o Pastoriza?

— Quantas Nicoles você conhece?

— Você é a única.

— As suas poesias também viram crônicas?

— Se virassem, eu digitaria o seu endereço eletrônico. Só o seu, e de mais ninguém.

O remédio fez efeito. Nicole sentiu os olhos pesarem, embaçando um pouco a visão. As pernas balançaram, dificultando o equilíbrio. Ela se apoiou na mesa e continuou a ouvir o que ele tinha a dizer, embora não conseguisse mais articular uma resposta. Antes de cair nos braços do professor Geraldo Jiraldino, Nicole reparou nas suas sobrancelhas grossas e ele lhe pareceu ainda mais bonito e poético. Um último pensamento ecoou pela mente inebriada de comprimidos:

Talvez a crônica de Pastoriza não fosse para ela.

25. Cronista sem jornal

Quando você foi embora, deixou-me a culpa e o atraso.

Nina,

Perdoe a despedida sem *glamour*, o texto insosso, a criatividade zerada. O amor acabou, a amizade ruiu e o papel do jornal agora é outro. Deixo apenas aquele beijo na testa que é pior do que dizer adeus.

Cronista sem jornal não é Ferrari sem gasolina, é Fusca sem capô, cavaquinho sem corda, praia sem chinelo, botequim sem cachaça, batata sem bife, Nelson Sargento com dentadura.

Cronista sem jornal é erro de semântica. É dialética a prazo, sem juros, em dez vezes, nas Casas Bahia. É a perda da sintaxe, do sentido. É a gramática velha, a ortografia antiga, com trema e acento nos ditongos orais crescentes.

Cronista sem jornal não tem direito ao último pedido, ao afago feminino, ao gozo embevecido. Cronista sem jornal não tem direito a voltar no tempo e pedir a leitora em casamento.

Cronista sem jornal é Pastoriza sem Nina.

E uma vida para trás.

26. Na sala do reitor

O chefe do Departamento de Comunicação Social da Universidade Federal Carioca, professor Haroldo Erodes, foi anunciado pela secretária do magnífico reitor da instituição, a mais antiga e tradicional do país, como estava escrito na entrada do gabinete. Haroldo trazia uma pasta com documentos confidenciais e estava acompanhado pelos membros da comissão encarregada de investigar o desaparecimento do professor Antonio Pastoriza: os eminentes professores Fabrício Faraó e Milena Madalena.

A sala do reitor media duzentos metros quadrados, estava decorada com móveis de estilo neoclássico restaurados pelo Departamento de Arqueologia, tinha algumas poltronas modernistas, quadros abstratos da década de 1980, esculturas gregas, vasos peruanos e uma gigantesca mesa do século XIX, onde aconteceria a audiência, que já contava duas horas de atraso.

O professor Fabrício Faraó olhou com espanto e repulsa para o ambiente esquizofrênico da ornamentação. Se o tivessem contratado, poderia ensinar alguns conceitos de design contemporâneo para os decoradores. Jamais permitiria que fizessem aquelas misturas absurdas, sem equilíbrio, sem charme, e com inacreditável falta de bom-senso.

A professora Milena Madalena nem reparou nos móveis. Foi logo ocupando a cadeira à esquerda da cabeceira, onde estava o reitor. O professor Haroldo Erodes sentou-se na extremidade inversa, à direita do magnífico, esperando que ele começasse a reunião. A secretária ainda precisou recolher alguns papéis, xícaras e copos antes de sair da sala. Por ordem do chefe, interrompeu todas as ligações telefônicas para a reitoria, além de desligar o circuito interno de TV.

Da cabeceira da mesa, as primeiras palavras vieram misturadas com o pigarro seco do homem baixo que fumava um charuto cubano, *cohiba robusto*, acompanhado de longos goles no licor de amêndoas espanholas.

— Então, Haroldo! Já resolveu o problema?

— Tudo está encaminhado, meu reitor — respondeu o chefe de departamento.

— Encaminhado não é resolvido. Quero uma solução.

— Se o senhor puder me ajudar, resolvo ainda nesta semana.

— O que você quer?

Haroldo Erodes abriu a pasta de couro com os documentos confidenciais. Separou os papéis em três pilhas diferentes, tirou a caneta do bolso e acendeu um cigarro para acompanhar o magnífico.

— Temos um pequeno obstáculo para aprovar o relatório da comissão de desaparecimento do Pastoriza. O colegiado está desconfiado, sempre pede novas conclusões. A coisa ficou difícil.

— Que obstáculo é esse, Haroldo? Você não tem controle sobre aquele povo?

— Tenho. Mas sabe como é: professor é uma raça que... Porra... Vou te contar... Ô raça! — disse o chefe, suando na pronúncia das sílabas.

— Essa foi a primeira observação pertinente que você fez na vida.

— Obrigado, meu reitor.

— E olha que eu te conheço há trinta anos!

— Obrigado. O senhor é sempre muito generoso comigo.

— Mas conta logo. Qual é o problema?

— O colegiado me pegou nos detalhes. Quer saber onde está o Pastoriza e pra quem ele escreveu a última crônica.

— Só isso, Haroldo? Qual é? Inventa qualquer coisa e escreve o relatório! Ninguém vai te enfrentar. Sempre foi assim!

— Não é tão simples, meu reitor. Os meus colegas aqui já fizeram o relatório final. Nós três assinamos. Mas vamos precisar de um pequeno incentivo para o colegiado.

— Incentivo?

— É. Uma coisinha de nada. Bobagens de rotina. Preciso que o senhor dê uma olhada nessas três pilhas de papel na sua frente.

— Porra, Haroldo! Você acha que eu tenho tempo pra ler isso tudo?

— Não precisa ler. É só assinar. Eu explico.

Fabrício Faraó e Milena Madalena ajudaram o chefe de departamento com a papelada. Cada um segurou uma das pilhas, enquanto Haroldo Erodes manuseava a terceira, tentando resumir para o magnífico quais eram as reivindicações dos professores da faculdade de Comunicação Social.

— É o seguinte, meu reitor. A verba de viagem acabou no meio do ano e tenho três professores que vão para congressos na Itália e na Alemanha no mês que vem. Então, se o senhor assinar aqui, já libera as passagens, o hotel e as diárias.

— Mas em pleno Natal? Esses caras vão passar o *réveillon* na Europa às minhas custas?

— Não é nada disso, meu reitor. O ano letivo é diferente por lá.

— Tudo bem, eu assino.

— Esse professor aqui precisa de uma ajuda de custo para o projeto de pesquisa dele. O dinheiro do CNPQ não deu nem pro começo.

— Porra, Haroldo! O cara quer construir um laboratório multimídia pra estudar a comunicação subliminar em comunidades de baixa renda?

— É um projeto importante.

— E pobre tem comunicação subliminar, Haroldo?

— Isso é o que ele vai descobrir com a pesquisa.

— Tudo bem, eu assino.

Milena Madalena e Fabrício Faraó continuaram a passar os papéis até a primeira pilha terminar. Quando começaram com a segunda, o magnífico encheu mais uma taça de licor, mas não o ofereceu para os convidados. Aquilo era uma audiência e ele não convidara ninguém. Estavam ali porque precisavam de sua magnífica interferência nos assuntos que eram incapazes de resolver.

— Qual é o caso agora, Haroldo?

— Muito simples, meu reitor. Essa professora tem o projeto de fazer uma revista acadêmica internacional. Ainda faltam 160 mil reais pra colocar o blog no ar.

— Essa grana toda pra fazer um blog? Pode deixar que eu mesmo faço.

— Não é só um blog. Nossos professores precisam publicar em revistas internacionais para ter pontuação nos órgãos de fomento à pesquisa. Vamos contratar intelectuais do mundo inteiro para o conselho editorial.

— Tudo bem, eu assino.

— Esse aqui é coletivo. São dez professores que montaram uma cooperativa de marketing viral. O dinheiro é pra comprar os equipamentos e os móveis. Mas o senhor tem que liberar o espaço físico.

— Que espaço? Não temos lugar nem para as salas de aula.

— Já resolvi isso, meu reitor. A cooperativa vai ficar no lugar da biblioteca de comunicação.

— E pra onde vão os livros?

— Hoje em dia ninguém lê nada mesmo. E quando os alunos precisam de algum texto, baixam na internet.

— Mesmo assim, você precisa de um local para os livros. Se eu jogar tudo fora ainda acabo sendo processado. Assim não dá, Haroldo!

— Sem problema, meu reitor. O acervo será transferido para a biblioteca central. Eu me encarrego do transporte. Vai ficar até mais fácil para os alunos. Todo mundo vai gostar.

— Tudo bem, eu assino.

Chegaram na terceira pilha de papéis. O magnífico já estava com os dedos cansados pelo esforço das assinaturas divididas com o charuto cubano e o cálice de licor espanhol, tudo na mesma mão, em uma clara demonstração de suas habilidades para o exercício do cargo. Com a garrafa pela metade, o trabalho do chefe de departamento ficou um pouco mais fácil.

— Agora são coisas pontuais, meu reitor.

— Então vamos logo com isso, Haroldo. Tá ficando tarde.

— Neste documento aqui estão as autorizações para a volta do anuênio dos professores do departamento.

— Mas essa bonificação foi cortada pelo governo federal. Não posso assinar isso.

— Pode sim, meu reitor. O senhor tem autonomia universitária.

— De quanto é o bônus?

— Depende. Pra quem tem doutorado e vinte anos de magistério, chega a oitenta por cento.

— Isso é mais do que um aumento. É quase um novo salário.

— Eles merecem, meu reitor. O senhor sabe que os professores ganham muito mal nesse país. Vamos prestigiá-los.

— Tudo bem, eu assino.

— Outro despacho que o senhor tem que assinar é a liberação do ponto eletrônico.

— Por quê? O ponto ajuda a controlar o horário.

— Os professores precisam usar a criatividade. As aulas nem sempre são no *campus*. Muitos levam os alunos pra rua, em aulas práticas, para mostrar a vida real. O ponto é injusto. Prejudica os que querem trabalhar.

— Tudo bem, eu assino.

— Por último, tem esse documento que autoriza a minha licença-prêmio para o próximo semestre.

— Mas você não tirou essa licença no ano passado?

— Não, meu reitor. Aquela foi uma licença para qualificação.

— E onde você fez a qualificação?

— Na Escola Superior do Exército.

— Tudo bem, eu assino.

O professor Haroldo Erodes recolheu os papéis assinados e guardou na pasta de couro. Após o último trago — no licor e no charuto — o magnífico cumprimentou o brilhante trabalho de assessoria dos professores Fabrício Faraó e Milena Madalena, lembrando a esta última que contava com o apoio do sindicato na próxima eleição. O próprio chefe do Departamento de Comunicação Social tratou de garantir que o apoio estava garantido, cortando a resposta de Milena, que não seria diferente. Mas o magnífico ainda tinha uma dúvida.

— Diga-me, Haroldo. Quem te garante que o colegiado vai aprovar o relatório de vocês? Eles podem embolsar tudo que eu dei aqui e, ainda assim, votarem contra.

— Isso não vai acontecer, meu reitor.

— Por que não?

— O relatório da comissão sobre o desaparecimento do professor Pastoriza está trancando a pauta. Se eles não votarem primeiro, não ganham nada.

— Ainda assim, podem votar contra.

— Não votarão, meu reitor. Pelo regimento interno, eu também preciso aprovar as suas resoluções para que elas entrem em vigor no departamento. Entendeu?

— Excelente, Haroldo. Meus parabéns! Você está aprendendo.

— Obrigado, meu reitor. O senhor é sempre muito generoso comigo.

— Só que tem mais um detalhe.

— Qual?

— O conteúdo do relatório. Vocês sabem muito bem o que aconteceu com o Pastoriza, mas não sabem para quem ele escreveu a crônica. E agora? O que vão fazer?

— Faremos do jeito mais fácil.

— Que jeito?

— O jeito antigo, meu reitor. Aquele que o senhor conhece dos nossos áureos tempos.

— Detalhes, Haroldo. Quero detalhes.

— No relatório, está escrito que a comissão concluiu pela intrínseca ligação entre o destino do professor e a destinatária da crônica. As palavras são até parecidas. Ninguém vai desconfiar de nada. O que aconteceu com Pastoriza foi causado pela própria destinatária da crônica. Obviamente, nós seremos mais específicos na ata da reunião. Daqui a três capítulos (ou melhor, daqui a três dias), eu mando essa ata pro senhor.

— Magnífico, Haroldo.

— Que é isso, meu reitor?! Magnífico é o Senhor!

— Amém!

27. A invenção do cânone

Pela primeira vez durante a viagem, a ruiva me olhou com ternura. Parecia que o estacionamento daquele aeroporto representava algum esboço da benevolência que, repentinamente, eu merecia, ao contrário de todos os outros aeroportos pelos quais havíamos passado. Ali, parecia estar a minha absolvição, o meu indulto. Ou talvez fossem as luzes da cidade. Estávamos a caminho, na direção da cidade, de volta à estrada, de volta às luzes da cidade que veríamos na estrada. Então, ela abriu o porta-malas do luxuoso carro preto, ajudou com a bagagem, enxugou o suor da minha testa e me indicou o banco do carona. Hoje, Antonio, você vai ao meu lado.

E eu fui.

Prazer, sou a ruiva, ela disse. Não, meu nome não é Nina   continuou —, mas deixaria a mesa arrumada, com talheres de prata e guardanapos limpos, à espera do homem que retorna à casa, com fome, abandonado; mesmo sem ser a Nina, mesmo sem saber quem é Nina, mesmo sem saber cozinhar, mesmo sem saber por que os professores me mandaram atirar em você.

Prazer, meu nome é Antonio Pastoriza, sou psicanalista, professor da Universidade Federal Carioca e faço um risoto muito apreciado pelos colegas do Departamento de Comunicação Social que frequentam a sala de jantar da minha humilde residência. A maioria insiste diariamente para que eu abra um restaurante, sugestão que nego com vigor, apoiado em um único argumento: não tenho formação adequada.

Houve um juiz que derrubou a exigência do diploma de jornalismo para o exercício da profissão sob o argumento de que o ofício se assemelhava ao de um cozinheiro. Concordei com ele, para desespero dos meus colegas de departamento, que jogaram pedras na minha cruz de pau (oco). Até ameaçaram me expulsar da faculdade. Não entendi os motivos. Por que gritaram tanto ao ouvir a comparação entre jornalistas e cozinheiros? Por que se sentiam superiores aos nossos pares da gastronomia? Por acaso eram melhores ou mais sofisticados? Talvez mais eruditos? Quem sabe, mais científicos?

Meus colegas doutores falavam em Ciências da Comunicação, mas onde estava a ciência? Qualquer jornalista sabia que sua atividade estava ligada às artes, ao bom e velho talento e a uma boa dose de coragem. Claro que não era só isso: lidavam com técnicas específicas e com valores morais que afetavam a sociedade. Mas isso também não era ciência e tampouco se aprendia na escola.

Então, para que serviam as faculdades de jornalismo? Para aprender a fazer um bom risoto — respondia. Se você tivesse alguns professores acostumados com o manejo das panelas e outros bem informados sobre os temperos, talvez alcançasse o objetivo. Mas só completaria o aprendizado ao chegar à cozinha e tomar uma bronca do chefe: o chefe de reportagem.

Infelizmente, havia poucos professores interessados em gastronomia. Os pratos eram servidos frios, não tinham sabor. Faltava pimenta e sobrava chuchu na maioria das receitas universitárias. A Academia era um inverno de fome. E a vaidade dos cozinheiros atrofiava as glândulas gustativas.

A ruiva não atirou. Sequer pude ver a arma que dizia carregar na cintura. Ela ajeitou as luvas e mostrou-se levemente ruborizada: uma cólera contida, quase obscena, fazia pular as veias do pescoço longilíneo que se juntava ao decote como num quadro de Modigliani. Perguntou-me outra vez pela Nina. Queria saber sua profissão, a cor dos olhos, o xampu que usava. Detalhei cada resposta, sem me preocupar com eventuais momentos de arrogância, aproveitando que já era íntimo da minha motorista.

Quando chegamos ao pórtico principal da cidade, ela parou em um posto de gasolina e pediu que a esperasse. Quinze minutos depois, voltou com outra roupa, embora ainda usasse as mesmas luvas brancas, como se fosse um mordomo inglês de filme americano. Vamos pegar o meu patrão, ela disse. O meu patrão e a esposa, acrescentou. O que devo fazer, perguntei. Você continua aí, no banco do carona, observando.

Não sabia o que observar, mas fiz um sinalzinho tímido com o polegar direito, já que a voz sumira de repente.

(AVISO: caro(a) amigo(a), você não precisa ler os parágrafos a seguir para continuar acompanhando a história. Vá direto para o próximo capítulo e evite as contraindicações.)

O carro de luxo cruzou o Boulevard Saint Germain e dobrou na rue Monge. A ruiva, agora vestida com um impecável terno azul e o tradicional quepe com bordas de acrílico na cabeça, olhou discretamente pelo retrovisor. O patrão admirava o bracelete de diamantes usado pela mulher, enquanto balbuciava algumas palavras sobre o tempo frio e seco do local. A neve dos anos anteriores ainda não começara a cair. Talvez nem começasse. Efeito estufa. Gás carbônico. Sei lá! As questões ecológicas não interessavam à patroa. Nem à motorista. Muito menos a mim.

As rotações do motor denunciavam a redução da marcha para a subida do antigo Monte Santa Genoveva. Passamos pela Rue des Écoles, pela Place Cardinal Lemoine e pela arena romana, um dos poucos vestígios da velha cidade de Lutécia. Ao chegarmos à rue Saint-Médard, viramos à direita e paramos em frente ao que parecia ser um restaurante ou uma casa de vinhos. O atendente veio recebê-los à porta.

— *Bonjour, madame. Bonjour, monsieur.* Vieram para a degustação?

Madame e *monsieur* se limitaram a balançar a cabeça positivamente. Atravessaram a porta de vidro e escolheram a mesa ao lado do longo balcão de madeira cujo brilho chegava a espelhar o revestimento do teto. O lugar era pequeno, mas o pé-direito alto dava a impressão de amplitude ao espaço. Centenas de latas estavam arrumadas nas prateleiras espalhadas pela parede de seis metros de altura por doze de largura, onde também havia pequenos bules e xícaras de terracota.

O garçom se aproximou e forneceu um cardápio para cada cliente. As outras mesas estavam vazias. O casal desfrutava de atendimento exclusivo, o que incluía não apenas a atenção completa como também explicações detalhadas sobre o menu, cujas dezoito páginas se limitavam a apenas uma iguaria.

— *Je voudrais...*

O garçom percebeu o leve sotaque latino do cliente que deslizava os dedos pelo cardápio. Não era francês, tinha certeza. O que, de fato, não fazia a menor diferença, já que o texto estava em mandarim. As únicas palavras que *monsieur* compreendeu foram as do título, referentes ao nome do estabelecimento: Maison des Trois Thés. Mesmo assim, fez sua escolha, envaidecido por demonstrar conhecimento do produto e pela pronúncia perfeita na língua de Mao Tsé-Tung.

— *Wen Shan Bao Zhong*. O número quatro, por favor! É mais alegre que o número três.

— Perfeitamente — respondeu o garçom.

O chá escolhido levava o nome da proprietária da Maison, Madame Zhong, uma chinesa de 37 anos cuja fama internacional devia-se à mistura de plantas na composição das infusões servidas em seu bistrô parisiense. Personalidades do mundo inteiro passavam pela rue Saint-Médard apenas para provar aquelas ervas banhadas em água quente. A casa não servia qualquer outro produto. Nem pequenos tira-gostos eram permitidos. Nada devia interferir na degustação do chá.

O ritual também era importante. O garçom colocou um punhado da erva no bule de terracota, enquanto a água fervia no pequeno fogão ao lado da mesa. Cada cliente recebeu uma xícara e a explicação sobre o método de consumo, que era obrigatória mesmo para frequentadores assíduos. A água fervente foi colocada no bule até transbordar. Em seguida, o garçom tampou o recipiente e esperou durante exatos trinta e sete segundos, tempo ideal da infusão, para servir o casal, que precisaria esperar quatro minutos e meio para sorver o líquido.

— Querido, a escolha foi perfeita.

— Eu sei. Já tinha ouvido falar nessa safra. Ela tem substância. Causa um estranhamento sólido. É inovadora, experimental, sensível.

— A erva pertence a que gênero?

— É um gênero híbrido. Transita pelas margens. Rompe barreiras. Mas essa erva já pode ser considerada um novo clássico.

— Por quê?

— O *New York Times* deu o conceito máximo para a mistura. Não foi à toa que madame Zhong colocou o próprio nome no chá.

— Conceito máximo?

— Não podia ser diferente. Ela ganhou todos os prêmios no ano passado.

— E o que disse o crítico do *Le Monde*?

— Nada ainda. Como o *Times* já publicou uma crítica, acho que o sujeito vai esperar até a semana que vem. Eles são compadres. Mas eu li resenhas em jornais alemães, espanhóis e até ingleses. Todos têm a mesma opinião: é um novo clássico. Não há dúvidas.

— Hummmm! Agora está ainda melhor.

— É verdade. O aroma é ótimo. Há um buquê de sol poente, um gosto romântico, um sentimento de vanguarda. É a desconstrução dos chás anteriores. Uma nova tendência infusiva.

— Sinto a mesma coisa.

— O palato fica encharcado. Percebo um antirracionalismo em cada gole. A extraterritorialidade invade a garganta. As estruturas estão delineadas. O estranhamento permanece na boca. É perturbador!

— Isso me lembra o Romanée-Conti que bebemos ontem.

— O de ontem foi da safra de 1956. Não era tão bom.

— Como não? Custou mais caro que a garrafa de Château Pacas 1947.

— É mesmo?

— Éééééééééééééééééééééééééé!

— Incrível. Devo ter comido alguma coisa que interferiu no gosto.

— Acho que foi o Manifesto.

— Deve ter sido. O tempero estava muito forte. Não dá pra comer Manifesto em qualquer lugar.

— Não dá mesmo.

E passaram a tarde na Maison des Trois Thés, degustando os cento e cinquenta mililitros do melhor chá que podiam beber, enquanto eu aprendia o que era um clássico.

Um novo clássico.

Pensei: talvez a ruiva ainda quisesse me matar.

28. Boneca de pano

A repórter Berenice Falcão está no consultório do médico que foi seu amante. O doutor Nogueira veste um jaleco desbotado, usa óculos de grau e descansa a barba grisalha nas falanges da mão esquerda, em pose de pensador. Hoje, o noticiário da Rádio Planeta não será apresentado por Berenice, que foi substituída por uma estagiária. Hoje, a nutricionista Nicole Willians não virá ao consultório que divide com o médico, pois não é dia ímpar. Hoje, a secretária foi dispensada para fazer pagamentos no centro da cidade.

Quando o doutor Nogueira usa o jaleco é sinal de que o problema é grave. Raramente o vemos com a roupa de trabalho. Pela inscrição no bolso direito, Berenice percebe que ele não é cardiologista. De onde havia tirado essa ideia? Conviveram durante tanto tempo. Dividiram segredos, foram cúmplices. Não podia ter se enganado sobre a especialidade do médico.

Se Berenice olhasse para o rosto do ex-amante — como fazem os leitores agora — seria capaz de notar a beleza incômoda de seus traços quando a luz matinal rebate na parede.

O doutor Nogueira tem zigomas geométricos no queixo e no maxilar, além de orelhas pequenas harmonicamente compostas com o nariz fino, cuja ponta faz um ângulo de noventa graus com o lábio superior. A gravata-borboleta por baixo do jaleco confere um ar de distanciamento crítico que o torna ainda mais excitante. A barba tem a mesma função, principalmente por causa da mistura entre os fios brancos e negros.

O doutor Nogueira é bem diferente de Antonio Pastoriza, cujos sulcos laterais dominam a face e se misturam com as rugas ao lado dos olhos circundados pelas manchas negras da insônia. No quesito lindeza, o ex-namorado perde feio para o ex-amante.

Berenice lembra-se dos outros casos. O samurai cortando seu vestido com as espadas, o homem gentil transando com ela no banheiro masculino, as tardes de domingo fingindo que ia ao shopping. Berenice lembra-se da nota de cinquenta reais entregue pela professora de Teledramaturgia Claudete Clotilde. Berenice lembra-se do nome do doutor Nogueira escrito na nota.

O médico permanece observando os pensamentos da repórter — assim como os leitores. Na mesa principal, há um copo de chá gelado sobre um dicionário francês-português, sobre um livro de Lacan e sobre um livro que interpreta o livro de Lacan. O livro de Lacan não é um livro, são transcrições de um de seus famosos seminários no hospital Sainte-Anne, em Paris. As transcrições foram feitas por seu genro, que ainda ganha muito dinheiro com os direitos autorais.

Ao lado dos livros que sustentam o chá, podemos ver — mas os leitores não — uma série de documentos acadêmicos, algumas fichas de pacientes, amostras grátis de remédios e um caderno. Berenice pede um gole do chá. Como não vai ler o noticiário da Rádio Planeta, pode tomar bebidas geladas. Mas não beberá o chá do doutor Nogueira, que recusa o pedido.

Berenice está arrependida de ter vindo. Nessas horas, pensa na boneca de pano que nunca a deixa na mão, que vê o mundo por seus olhos, que obedece a suas ordens, que a escuta sem fazer perguntas, que um dia vai levá-la a ganhar o prêmio Pulitzer. E pensa também nas flores de plástico do estúdio.

O doutor Nogueira continua observando. Ele folheia o caderno enquanto bebe o chá. Não olha para as páginas, apenas sente as pontas deslizando pelos dedos. Berenice fica irritada.

— Não vou mais escrever nesse caderno — ela diz.

— Só quero que leia, não precisa escrever de novo — responde o médico.

Berenice veio ao consultório para falar de Antonio Pastoriza. Não vai escrever nem ler. Só está conversando com o doutor Nogueira porque o nome dele apareceu na nota de cinquenta. O que importa é saber o que aconteceu com o ex-namorado. O médico tem as respostas, mas parece interessado apenas nas perguntas:

— Você ainda acha que o Pastoriza escreveu a crônica pra você?

— Sempre tive certeza. Agora, não tenho mais.

— O que você sabe sobre ele, sobre a vida dele?

— Sei tudo! O Antonio foi meu namorado.

— Então mostra aqui no caderno. Onde está escrito?

Berenice não gosta de ser pressionada. Para mostrar qualquer coisa terá que pedir os óculos emprestados. E talvez não seja atendida, talvez tenha o pedido negado, assim como o chá que nunca irá beber. Ela sabe que não sabe tudo sobre o ex-namorado, sobre a última crônica do ex-namorado, que não é uma crônica de Fernando Sabino endereçada à criança que faz aniversário e recebe uma fatia de torta no boteco da esquina, embora tampouco seja uma crônica bem-definida, com sujeito e predicado na ordem direta. A última crônica de Antonio Pastoriza é uma crônica destinada à mulher que ama, mas faltou o código postal no envelope.

O doutor Nogueira empresta os óculos. Berenice lê o caderno. O que diferencia as ideias escritas em folhas de papel das ideias imaginadas não pode ser imaginado.

Pausa.

Berenice não conhece o personagem. Não sabe onde ele passou a infância, o que fez na adolescência, quem são seus pais, quais são seus *hobbies*, suas mágoas, suas doenças, seus traumas, suas manias, seu número de sapato. O caderno está incompleto. Não há informações suficientes sobre Antonio Pastoriza. Ninguém se preocupou em descrevê-lo com o rigor da observação empírica, científica, detalhada. O perfil ainda não foi escrito como deveria.

— Você vai escrevê-lo? — pergunta o médico.

— Devem existir outros cadernos por aí — ela responde.

O doutor Nogueira entrega-lhe uma caneta:

— Este é o único caderno importante, Berenice.

Do lado de fora do consultório, o sol ilumina a cidade. O Rio de Janeiro é uma cidade solar. Botafogo é um bairro solar. Fora do consultório, não existem médicos, cadernos, personagens e escritores. Fora do consultório, Antonio Pastoriza é apenas uma ideia mal-elaborada, um vulto, um fantasma.

Fora do consultório, Berenice é uma boneca de pano.

* * *

Sandrinha ouve a confissão de Nicole. São três horas da manhã e as amigas choram, deitadas na pequena cama de lençóis amarelos, uma de frente pra outra, os joelhos encostados na posição fetal, a cabeça de lado no travesseiro, os pés ásperos calçados com meias de algodão.

Os seios de Nicole pulam da camiseta transparente, deixando à mostra os mamilos rosados que, de tão pequenos, parecem mamilos de criança. Sandrinha acaricia seu rosto com a ponta dos dedos, preocupada em afastar os fios de cabelo que caem sobre os olhos. A voz de Nicole é soturna, precisa-se encostar o ouvido em seus lábios para entendê-la.

— Tive um sonho que não parece um sonho.

— Pode contar. Estou ouvindo. Estou ouvindo — repete Sandrinha.

— É um sonho longo. Começa quando a gente era pequena, lá em Minas. Havia um quartinho fechado no colégio, lembra? Todo mundo dizia que era o quarto dos fantasmas, que pessoas mortas moravam ali. Ninguém tinha coragem de chegar perto.

— Chamavam de quarto dos espíritos. Eu também morria de medo. Depois, a gente soube que era um almoxarifado, mas foi muito mais tarde. Aí a gente viu aquele filme do Bruce

Willis. Como é mesmo o nome? O cara dizia: *I see dead people.*
Isso é que era terror! Desculpa, te interrompi. Fala do sonho.

— No começo, eu ainda visto o uniforme da escola, estou
com oito anos, na segunda série. A minha sala é no segundo
andar. A professora é a Jurema.

— Lembro dela: uma gorda enorme. Mas, na segunda
série, eu era da turma B. Minha professora era a tia Carmen.

— A tua sala era do lado da minha. Da janela dava pra ver
o quartinho. No sonho, eu saio voando da sala de aula direto
pra lá. A professora olha pra mim e não faz nada. Outras
alunas também voam comigo. Elas saem de várias salas do
terceiro andar.

— E depois?

— Quando chego no quartinho, estou só. As outras meni-
nas sumiram. Meu uniforme começa a se rasgar sozinho, sem
nenhum motivo. Vejo os fios se soltando, o bolso da camisa
descosturando, os botões pulando. O zíper da saia arrebenta.

— Alguém aparece no quarto? É um homem? Ele te
machuca?

— Não. Nada de violência. Eu até gosto. Sinto um prazer
que nunca havia sentido. Minhas pernas ficam molhadas. A
pele arrepia. Meu sutiã pula.

— Com oito anos você não usava sutiã, Nicole.

— Nesse momento, o sonho avança no tempo. Quando
ainda estou com o uniforme do colégio, vejo o coordenador da
oitava série, um cara barbudo que era professor de educação
física. É ele que aparece quando o zíper da saia arrebenta.
Mas quando o sutiã pula, quem está na minha frente é o teu
pai. O teu pai.

Movida pelo instinto, a mão de Sandrinha se afasta dos cabelos de Nicole em um movimento brusco, de defesa. Como está de costas para a parede e a cama é pequena, não há para onde fugir, mas ela estica as pernas para impedir o contato com os joelhos da amiga, ao mesmo tempo que fecha os olhos e tenta evitar a tremedeira no corpo.

Não consegue.

Agora é Nicole quem acaricia o rosto da amiga. Segundos depois, ela se aproxima para um longo abraço, envolvendo sua cabeça e apertando-a contra o peito de mamilos infantis. Sandrinha está de olhos fechados, mas não quer chorar. Pede a Nicole que continue contando o sonho.

— Outra hora eu falo.

— Não, tem que ser agora. Continua, Nicole. Por favor, continua.

— O quarto ainda é o mesmo, mas os homens mudam. Teu pai não aparece mais. No lugar dele, vêm os garotos da escola, a molecada da rua, os caras da faculdade. E muitos outros nesse intervalo. Até chegar no Antonio.

— No Pastoriza? Ele também aparece no quartinho?

— Não. Ele é o único que aparece longe dali, em um lugar que eu não consigo identificar. Mas dura muito pouco. O Antonio some e eu volto pro quartinho. E então aparece o Geraldo.

— Que Geraldo?

— Geraldo Jiraldino, professor da faculdade. Colega do Antonio. O especialista em tecnologia. Aquele do Facebook.

— Sei. O cara que você encontrou no consultório.

— Ele mesmo.

— E vocês fazem o quê?

— Nada, nós só conversamos. O Geraldo me conta o que aconteceu com o Antonio, diz que ele teve outras namoradas que também se chamavam Nicole, e eu desmaio.

— Safado! Quer dizer que o Pastoriza tinha várias Nicoles?

— Não sei, Sandrinha. Isso foi apenas um sonho.

— Tudo bem, foi um sonho. Mas o que ele contou sobre o Pastoriza?

— Não lembro. Só consigo ver um documento timbrado que eu deveria assinar. O Geraldo segura o documento e diz que é para o relatório final. E tem alguma coisa a ver com uma ata qualquer. Tudo é muito confuso. Não sei se desmaiei antes ou depois de assinar.

— Isso não foi sonho, Nicole. Você encontrou o cara no consultório.

— Será?

— Claro que sim. Você contou pra mim e pro Nogueira. Não preciso mais te esconder que Nogueira é meu namorado? Você já me perdoou, não é?

— Nem preciso perdoar. Você é minha amiga. E eu sempre soube.

— Foi isso. O Nogueira me contou antes de você me contar.

— Eu confio no doutor Nogueira. Se ele diz que aconteceu, então não foi sonho. O Geraldo realmente esteve comigo.

— Mas você consegue lembrar o que ele disse sobre o Pastoriza? Faz um esforço, Nicole! O que houve com o Pastoriza?

— Não adianta. Eu não lembro.

— Por quê?

— Não sei. Mas eu me lembro do Geraldo. Ele é muito bonito.

— Muito bonito?

— Muito. Ele é lindo.

— Humm!

— O Geraldo vai me levar pra Paris.

Sandrinha está de olhos abertos. A imagem do pai, revivida no sonho de Nicole, desaparece novamente. As mãos voltam a acariciar o cabelo da amiga. Os joelhos se encontram na cama de lençóis amarelos.

29. Resultados finais da investigação

Ata da 4ª reunião extraordinária em adendo à 357ª reunião ordinária do Departamento de Comunicação Social da Universidade Federal Carioca

Aos vinte e seis dias do mês de novembro do ano de dois mil e catorze, isso depois de Cristo, reuniram-se na sala 715 do prédio J da Universidade Federal Carioca todos os trinta e seis professores do Departamento de Comunicação Social da referida universidade, com exceção do titular da cadeira de Psicologia da Informação, o eminente Antonio Pastoriza, que não justificou a ausência.

O chefe de departamento, professor Haroldo Erodes, abriu os trabalhos dispensando os informes do dia. Em seguida, iniciou a leitura do relatório final da comissão formada pelos professores Fabrício Faraó, Milena Madalena e por ele próprio, investido no cargo de presidente, com o objetivo de conseguir informações sobre o paradeiro do professor Antonio Pastoriza.

Relatório sobre o desaparecimento de Antonio Pastoriza

Após quatro semanas de intenso trabalho investigativo, nós, professores encarregados de descobrir o paradeiro do professor Antonio Pastoriza, chegamos à triste conclusão de que o nosso eminente colega **está morto**. É com pesar que damos esta notícia aos membros do colegiado, mas estamos baseados em sólidas informações conseguidas através de duas ex-namoradas do referido professor, além de provas materiais extraídas por psicólogos forenses que examinaram o teor de sua última crônica, publicada no jornal *Correio da Noite*. Segundo estes especialistas, através da análise morfológico-estrutural da crônica, não há dúvidas de que se trata de um bilhete de despedida, ou seja, de uma carta escrita por alguém que vai se matar. Anexos a este relatório estão os laudos dos especialistas e os depoimentos assinados por Berenice Falcão e Nicole Willians, ex-namoradas do professor Antonio Pastoriza, que confirmam seu estado de "foraclusão parcial", termo científico utilizado para identificar indivíduos com propensão a fugir da realidade, cujas características intrínsecas podem levá-los a planejar a própria morte. Nós, membros desta comissão, lamentamos o triste fim do professor Antonio Pastoriza e, como providências contínuas, solicitamos ao jornal que apague a crônica de seus arquivos, organizamos uma celebração ecumênica em homenagem ao colega e já iniciamos os trâmites para abrir o concurso que preencherá a vaga de sua disciplina.

Prof. Dr. Haroldo Erodes (presidente)

Prof. Dr. Fabrício Faraó

Profª. Drª. Milena Madalena

Após a leitura, o relatório foi colocado em votação. O plenário aprovou o texto com 34 votos favoráveis e uma abstenção, proferida pela professora Claudete Clotilde, que não apresentou justificativa. Em seguida, o professor Haroldo Erodes enumerou as últimas decisões da reitoria sobre as reivindicações do departamento, todas aprovadas por unanimidade, e anunciou sua licença-prêmio para o semestre seguinte.

Com relação aos onze itens de pauta, remanescentes das semanas anteriores, ficou decidido que, com exceção da licença-prêmio do professor Haroldo Erodes (já aprovada), eles serão discutidos na reunião seguinte, que será em, no máximo, noventa dias, assim que os professores voltarem das férias.

Assim, lavrada e assinada esta ata por todos os presentes, deu-se por encerrada a sessão e o ano letivo.

30. O seminário de Pastoriza

A ruiva não queria matá-lo.

Após sair da Maison des Trois Thés, ela deixou os patrões em frente à igreja Saint-Etienne-du-Mont, no centro do Quartier Latin, a poucos metros do Pantheon, entre as rues Clovis e Descartes. Tanto o monsieur como a madame eram muito religiosos e não dispensavam suas orações depois do chá. Os bons apreciadores da infusão conheciam a importância de rezar no momento certo, direcionando as preces para o santo mais adequado, escolhido pelos abençoados critérios da Igreja.

Pastoriza permanecia no banco do carona, agora íntimo da motorista de cabelos vermelhos e luvas brancas. Continuaram pela rue Descartes, viraram à direita na rue Thouin e seguiram pela rue de l'Estrapade até chegarem ao boulevard Saint Michel, onde, de dentro do carro, podiam ver as jovens francesas caminhando em direção ao Jardim de Luxemburgo.

Durante o mês de novembro, a temperatura sempre despencava nos finais de tarde, permitindo às parisienses desfilarem com suas echarpes, casacos e botas de cano alto, esperando pela chuva fina que se aproximava. Pastoriza gostava especialmente dos modelos de pontas alongadas, em sintonia com a beleza arguta e sincera das mulheres do Quartier Latin. Diferentemente do que acontecia em outros bairros da cidade, como Belleville, Montmartre ou o Marais, onde a elegância era produzida, sem o toque espontâneo das combinações locais.

Atravessaram o boulevard Montparnasse pela Avenue Denfert Rochereau, contornaram a praça, seguiram pela Saint Jacques e viraram na rue de La Santé para chegar ao hospital Sainte-Anne, cujo auditório funcionava como centro de convenções da Universidade de Paris VII. A ruiva parou o carro bem em frente ao portão principal, na esquina com a rue d'Alesia, onde um cartaz com foto anunciava o título do seminário que seria conduzido pelo professor brasileiro Antonio Pastoriza em poucos minutos: "**O avesso da psicanálise e as margens do caderno**".

O título estava em letras grandes e coloridas, mas a foto não lhe favorecia. Dentro do carro, nos momentos em que a intimidade com a ruiva ficou mais evidente, Pastoriza soube que seu rosto (o dele, Pastoriza) tinha uma beleza trágica, pouco condizente com o sorriso do cartaz. Você é um homem tragicamente bonito, ela repetiu, diversas vezes, enquanto dirigia pelas ruelas e avenidas da cidade. Durante aquele trajeto, cuja duração não ultrapassou os vinte minutos, também lhe falou sobre a melancolia dos gestos contidos, sobre a sola um pouco mais alta do sapato, sobre a timidez das bolinhas na gravata, sobre a insegurança do terno cinza, sobre o medo por cima de toda a roupa. E sobre Nina. Sobre a falta que Nina lhe fazia. Qualquer um podia notar, ele nem precisava dizer.

O que o tornava ainda mais belo, ainda mais trágico. A ruiva o conhecia muito bem.

Antes de se encaminhar para o auditório, Pastoriza se lembrou das francesas que viu pelo caminho. Lembrou-se das echarpes. Lembrou-se dos casacos. Lembrou-se das botas de cano alto.

E lembrou-se que se esquecera de perguntar o nome da ruiva.

Deu meia-volta. O carro não estava mais lá. Procurou na esquina, na rua ao lado, no estacionamento. Nada. Olhou em volta, buscou algum sinal de cabelos vermelhos, de um pigmento encarnado na imensidão nublada. Não encontrou. Apesar do frio, suava como se estivesse no deserto. Sentia-se no deserto.

Na entrada do hospital, uma mulher negra de panturrilhas compactas estava de pé, encostada no muro, com os braços cruzados e as pernas em xis. Pastoriza a reconheceu imediatamente.

— A ruiva foi embora — ele disse.

— Eu sei — respondeu a negra. — A tua vida inteira ela foi embora.

O suor secou.

A diretora da Escola de Psicanálise da Universidade de Paris VII reconheceu o professor brasileiro ali parado, meio atônito, como se não soubesse onde estava.

— *Bonjour, professeur.*

Ele não respondeu, apenas acenou com a cabeça.

Em silêncio, a diretora o conduziu para o auditório onde centenas de alunos o aguardavam. Quando Pastoriza entrou, todos se levantaram e aplaudiram. Muitos flashes foram disparados. As duas primeiras filas estavam ocupadas por repórteres e pelos principais psicanalistas da França, oriundos das mais divergentes orientações teóricas, em uma trégua rara e, obviamente, momentânea, na batalha intelectual do país de Sartre e Lacan.

O locutor anunciou a ilustre presença e leu o resumo do seminário. Em seguida, passou a palavra à diretora, que enumerou a exata cronologia dos títulos acadêmicos de Pastoriza, com suas respectivas teses e premiações, além de mencionar passagens de seus livros publicados na França e de ressaltar a relevante contribuição de suas pesquisas para o renascimento da psicanálise no mundo todo, o que podia até ser um exagero, mas serviu para despertar o convidado.

Pastoriza sorriu obliquamente, devolvendo a reverência feita pela diretora e endossada pelo público, que voltou a aplaudi-lo. Revigorado pelo elogio, tirou alguns papéis da pasta, organizou as fichas do seminário e se posicionou no púlpito do auditório. A plateia fez aquele tipo de silêncio que pode até ser ouvido. Nas paredes laterais, havia um televisor com sua imagem em close a cada cinco metros. O velho auditório de carpetes mofados parecia estagnado na década de 1970 — assim como os televisores —, embora o forro das poltronas tivesse sido trocado e as câmeras fossem as mais modernas da Europa.

Não houve necessidade de tradução simultânea. Pastoriza conhecia bem o idioma de Balzac:

Meus caros colegas e alunos,

O mestre interrompe o silêncio com qualquer coisa, um sarcasmo, um pontapé. É assim que procede, na procura do sentido, um mestre budista, segundo a técnica zen. Cabe aos alunos, eles mesmos, procurar a resposta às suas próprias questões. O mestre não ensina uma ciência já pronta. Ele dá a resposta quando os alunos estão a ponto de encontrá-la. É o que se chama precisamente a dialética.

Neste exato momento, os pacientes de minha clínica psiquiátrica, no Rio de Janeiro, descrevem a cena atual, que é este seminário, em um simples caderno de colégio. E fazem isso conforme a visão deles, a apreensão deles, mesmo sem estarem presentes aqui. Trata-se de um caderno coletivo, em que todos escrevem ou desenham, sem se importarem com estilo ou, às vezes, até se importando, o que é parte do tratamento.

Diante de um público tão seleto, nem preciso dizer que a linguagem é a chave do processo. Para um psicótico — ou louco, se preferirem — a loucura é um encontro apavorante com a falta de sentido. Ele é incapaz de reconhecer e nomear a partitura simbólica que rege o universo de comunicação das outras pessoas. Ele é incapaz de reconhecer a rede da linguagem, com seus códigos e procedimentos. Então, o louco é aquele que, através do delírio ou da alucinação, tenta reconstruir, à sua maneira, um mundo que tenha sentido.

Ora, senhores, não é isso também a literatura? Daí a minha proposta de uma narrativa escrita e inscrita pelos próprios pacientes a partir de um estímulo do terapeuta. Em nosso caso, eu mesmo escrevi o primeiro capítulo do caderno que eles agora tratam de concluir. Com total liberdade, o paciente cria seu próprio personagem e narra, em terceira pessoa, a história cuja continuação terá outro paciente como autor. Em alguns momentos, um paciente escreve como se fosse o outro, ou melhor, como se fosse a identidade do outro, assumindo sua voz e tentando imitar seu estilo. Às vezes, escrevem em primeira pessoa e até tomam a identidade do terapeuta. É quando verificamos o conceito freudiano de transferência, ou seja, o vínculo estabelecido pelos sentimentos de amor e ódio que o analisando sente pelo analista, assim como pelas ficções que esses sentimentos suscitam. E tudo vai para o caderno.

Sei que um dos postulados de Freud era a impossibilidade de se estabelecer o amor transferencial na psicose. Mas, hoje, eu falo na casa onde Lacan tratou seus primeiros pacientes e se dispôs a ouvir as produções dos psicóticos para extrair o tratamento possível. Pois eu me disponho não apenas a ouvir, mas também a ler. E esse é o tratamento possível. O próprio Lacan sugeriu que James Joyce era um psicótico, valendo-se da topologia conceitual dos famosos nós borromeanos. Obviamente, não me atreveria a fazer o mesmo com relação à minha conterrânea Clarice Lispector, mas posso usar suas palavras para ilustrar a nossa metodologia. Abre aspas: o texto ganha sua secreta redondez, antes invisível, quando é visto de um avião em alto voo. Então, adivinha-se o jogo das ilhas e veem-se canais e mares.

Assim procedemos em nosso caderno. O texto não é para ser sobrevoado de perto. Quando assumem as vozes uns dos outros, misturando narrativas, estilos e tempos verbais, os pacientes não tornam a história inelegível, apenas inventam outra legibilidade, aquela que só pode ser vista de um avião em alto voo. As ilhas, canais e mares de nosso caderno aparecem no imaginário criativo do leitor, mas somente do leitor que tem asas. Ou daquele que possui o cartão de embarque da próxima viagem aérea.

Como a linguagem é insuficiente para representar os objetos e sentimentos, precisamos de um superinvestimento na representação das próprias palavras. É com essa perspectiva que meu assistente, o doutor Nogueira, um dos mais conceituados psiquiatras do Brasil, supervisiona a redação coletiva do caderno e, às vezes, até escreve nele, como se fosse um dos pacientes. A narrativa dos psicóticos não se localiza no rompimento com a realidade, mas no caminho para restaurá-la. Toda loucura é uma tentativa desesperada de sair da loucura.

Imagino que os senhores já tenham compreendido esta pequena introdução sobre o nosso método, que se refere à segunda parte do título do seminário proposto para hoje: *as margens do caderno*. Mas talvez ainda se perguntem por que a primeira parte se intitula *O avesso da psicanálise*, que é exatamente o nome do seminário 17 de Jacques Lacan. Pois bem, meus caros, chegou o momento mais difícil de minha conferência.

Quero falar sobre o conceito de foraclusão local, um dos maiores estelionatos que já ouvi no mundo psicanalítico. E antes que atirem as primeiras pedras, permitam-me fazer uma simples pergunta:

Se os senhores morressem em um acidente aéreo, quem gostariam que fosse a primeira pessoa a ser avisada?

31. Quartel-general da Aeronáutica

O enfermeiro Ricardo preparou a sala para a sessão de grupo no quinto andar. As dezoito cadeiras foram colocadas em forma de círculo, com espaço de quarenta centímetros entre elas, o suficiente para os pacientes cruzarem as pernas sem encostar no joelho do vizinho.

Nas sessões de grupo, ele tinha participação ativa, tomando notas para o doutor Nogueira, que seguia o método freudiano de atenção flutuante, sem se preocupar com o registro dos encontros. O enfermeiro gostava de se imaginar como um médico assistente, mas não entendia muito bem os motivos de suas anotações, já que o chefe jamais lia o que estava escrito. Mesmo assim, vestia-se especialmente para a ocasião: a melhor calça, o jaleco mais novo e os sapatos de verniz comprados a prazo nas Lojas Pernambucanas. Pra ser sincero, sentia-se muito superior aos residentes de medicina que frequentavam a clínica. Alguns deles tinham até medo dos pacientes, além de desconhecerem os tratamentos mais elementares, como o eletrochoque e a camisa de força. Afinal, o que ensinavam para esses meninos na faculdade? Estavam em um lugar de procedimentos científicos, não numa casa de repouso para artistas aposentados! Deviam ter escolhido outra especialização.

Após ajeitar as cadeiras, Ricardo verificou os objetos da sala. Segundo as ordens do doutor Nogueira, não poderia haver nada que representasse um perigo potencial para os analisandos. O enfermeiro sempre se questionava sobre o que de fato significava um perigo potencial, mas o que o incomodava mesmo era chamar os pacientes de analisandos. Analisar o quê? Naquele lugar, eram todos loucos. Loucos tranquilos, é verdade, mas, ainda assim, loucos. Ninguém comprava pão quente na esquina.

A campainha tocou.

O toque dava o sinal para o início da sessão. Uma luz vermelha acendia do lado de fora, indicando que o local estava ocupado. Os pacientes chegavam em fila indiana e se posicionavam nas cadeiras de acordo com os subgrupos que formavam: heróis, cantores, astros internacionais, professores ou qualquer outra categoria capaz de fornecer uma identidade. Pelo menos não usavam símbolos no peito do uniforme como os refugiados dos campos de concentração, divididos por triângulos coloridos de acordo com a etnia, religião, política e sexualidade. Mas deveriam — pensava Ricardo (muito atento à ordem e à segurança), que havia sugerido o método para o diretor da instituição e ainda esperava por uma resposta.

O doutor Nogueira chegava por último, com o assento reservado ao lado do enfermeiro. As cortinas abertas aliviavam a sensação de claustrofobia, além de proporcionarem um efeito quase silvestre ao encontro, segundo palavras dos próprios pacientes, que adoravam olhar para as copas das árvores iluminadas pelo sol.

O grupo dos professores era sempre o primeiro a falar. Um deles, identificado como chefe pelos demais, folheava o caderno coletivo, com um lápis entre os dedos, para desconforto do enfermeiro Ricardo, que enxergava naquele objeto mais que um perigo potencial.

— Isso aqui não está certo, doutor Nogueira — disse o chefe dos professores.

— O que te incomoda? — perguntou o médico.

— Nós não colocamos o último capítulo em votação. Precisamos mudá-lo imediatamente. Eu não gostei das observações teóricas. Nem das linhas descritivas. Nem do final. E acho que meus colegas votam comigo.

— Eu não voto — disse uma senhora que fazia parte do mesmo grupo, para surpresa dos outros, que raramente discordavam dele.

O chefe jogou o caderno no chão, quebrou o lápis ao meio e lançou um olhar de soslaio para a colega. Olhar de maluco, pensou o enfermeiro Ricardo, que recolheu o lápis e entregou o caderno para o doutor Nogueira. Outro integrante do grupo dos professores levantou a mão, pedindo para falar:

— Acho que o senhor poderia fazer a revisão do capítulo, doutor.

— Mas nós combinamos que, a partir de hoje, ninguém re-escreveria nada. Esse foi o nosso pacto — respondeu o médico.

Na parte oposta do círculo, bem perto do grupo dos heróis, ouviu-se uma combativa voz feminina, pertencente ao grupo das jornalistas. Ela não pediu permissão para falar, mas seu protesto foi apoiado por quase todos na sala:

— Nenhuma de nós se meteu nas reuniões particulares deles. Não acho justo que tentem mandar nas reuniões cole-tivas. Temos um acordo. Vamos cumpri-lo.

O doutor Nogueira acatou a vontade da maioria. Nada seria reescrito, mas ainda havia algumas questões por resolver.

— O que faremos com o capítulo seguinte? Ele vai existir ou não? — perguntou o médico.

A dúvida quebrou a tênue harmonia da reunião. Os pa-cientes começaram a discutir em voz alta, dentro dos subgru-pos, desarticulando o grande círculo. Alguns levantaram das cadeiras. Outros se agacharam e tamparam os ouvidos. O enfermeiro Ricardo tentou restabelecer a ordem com o apito que carregava no pescoço. Foi impedido pelo doutor Nogueira, cuja paciência contrastava com o caos instaurado na pequena sala. Quando a confusão parecia incontrolável, a mesma voz feminina deu a sugestão que trouxe o silêncio de volta.

— E se nós esperássemos o Antonio voltar? Quer dizer: e se nós esperássemos o doutor Pastoriza voltar? — perguntou a jornalista, segurando uma boneca de pano e duas flores vermelhas. Flores de plástico, delicadamente perfumadas.

Os pacientes que haviam se levantado retornaram para as cadeiras. Os que estavam agachados se reergueram. Ricardo, o enfermeiro, babou em cima do apito. Durante dois minutos, ninguém falou nada.

Foi uma pausa lisérgica.

Na diagonal da janela, o grupo das nutricionistas, que ainda não havia se manifestado, quebrou o silêncio.

— Quem disse que o Pastoriza vai voltar? — perguntou uma delas.

— E mesmo que volte duvido que se lembre da viagem — disse outra, abraçada à primeira como se fosse sua melhor amiga.

— Vejo que vocês duas se acertaram — comentou o doutor Nogueira.

— Há muito tempo. Nós até pedimos ao Ricardo para ficarmos no mesmo quarto. Não tem sentido continuar vivendo em alas diferentes. Somos amigas, queremos ficar juntas.

O enfermeiro anotou o pedido, embora já soubesse da reivindicação. O chefe do grupo dos professores, ainda sentindo o torpor causado pela pergunta sobre Pastoriza, irritou-se com a passividade de Ricardo, que, segundo ele, deveria vetar aquela reaproximação.

— Se essas duas ficarem juntas, o mundo desaba. Elas são subversivas e muito perigosas.

— Tá pensando que tá falando com quem? Acha que eu não conheço o teu passado? — gritaram, ao mesmo tempo, em uníssono. E partiram pra cima dele.

O caos retornou. Dessa vez, Ricardo teve que soar o apito. Outros cinco enfermeiros entraram na sala para apartar as brigas. Os professores foram levados para o segundo andar, as jornalistas para o terceiro, os heróis mudaram de ala e os astros internacionais ficaram onde estavam, pois foram os únicos que não participaram da confusão.

O doutor Nogueira limitou-se a abrir o caderno e escrever.

Do grupo das nutricionistas, duas voltaram para os quartos, uma jogou beijos apaixonados para o médico e apenas a mais exaltada, uma loura de olhos úmidos, precisou de cuidados especiais. Não adiantaram os calmantes, os ansiolíticos, os abraços de urso. Como não respondia a nenhuma técnica de relaxamento, foi necessário chamar outros médicos e enfermeiros para contê-la. Entre eles, Ricardo, que trouxe a eficiente cadeira do dragão — uma espécie de unidade móvel de tratamento em formato de vaso sanitário — e a instalou no Centro de Terapia Intensiva. Os braços e pernas foram amarrados, uma faixa de couro fixou a cabeça ao encosto da cadeira, a cintura ficou presa no buraco do assento.

A nutricionista se concentrou nos ponteiros do relógio de parede e não viu quando o doutor Nogueira passou pelo corredor em direção à ala das jornalistas, onde deveria deixar o caderno coletivo. Ele parecia em dúvida. Talvez quisesse entregar as folhas em espiral para o grupo dos professores, mas, nesse caso, teria que descer pelas escadas, pois o elevador estava quebrado.

Os ponteiros do relógio se moviam como elétrons.

Diante do pelotão de médicos e enfermeiros, amarrada à cadeira do dragão, a loura recordou a tarde gelada em que leu a última crônica de Antonio Pastoriza. Botafogo era um bairro tranquilo, ela pensou, e continuou a olhar para o relógio na parede.

— Quanto tempo passou?

— Muito tempo. Talvez um pouco além.

— Além?

— Ou não. Quem pode dizer?

Saber o que havia acontecido devia doer muito menos do que imaginar.

...mas ela não tinha alternativa.

Apêndice

No primeiro semestre de 1989, frequentei semanalmente os pavilhões psiquiátricos da Colônia Juliano Moreira, na Zona Oeste do Rio de Janeiro, durante um trabalho de campo para a disciplina Comunicação e Cultura, ministrada pelo professor Everardo Rocha, da UERJ, em meu primeiro período de faculdade. Alguns internos da colônia mantinham um pequeno caderno em que relatavam o cotidiano dos pavilhões. Era um caderno coletivo, caótico, com anotações nas margens, diferentes caligrafias e desenhos superpostos. Na maioria das páginas, as palavras estavam espremidas nas entrelinhas para poupar espaço. Todos que nele escreviam ou desenhavam me contaram detalhadamente o enredo, demonstrando compaixão e paciência diante de minha incapacidade em compreendê-lo.

Felipe Pena

Agradecimentos

- A Ninho, Fefa, Hebert, Vivi, Pedro e Hugo, família profícua e paciente.
- A Luciana Villas-Boas, editora criteriosa, amiga e companheira.
- A Luiz, Gloria, Dulce e Adelino, pais adotivos.
- A Pina Coco, Cristiane Costa, Deonísio da Silva, Adriana Lisboa, Ramon Mello, Daniela Versiani, Fernanda Pimentel, Karla Albuquerque e José Nóbio, que leram os originais e me fizeram provocações.
- Aos alunos de Pina Coco, que provocaram as provocações.
- Aos pais, mães e filhos que foram internos da Colônia Juliano Moreira.
- Ao C.M.S.J.

Notas

Os seminários de Jacques Lacan, publicados no Brasil pela Editora Zahar, serviram de base para os procedimentos do personagem principal, Antonio Pastoriza, e de seu assistente, o doutor Nogueira. No capítulo 30, chego a transcrever literalmente o parágrafo de abertura do primeiro seminário, mas também utilizo os comentários sobre a psicose feitos pela psicanalista Andréa Guerra e o conceito de foraclusão local segundo a interpretação de J. D. Nasio.

Nos demais capítulos, há referências explícitas e implícitas a diversos autores da contemporânea literatura brasileira, como Reinaldo Moraes, Luiz Ruffato, Edney Silvestre, Adriana Lisboa, Luiz Eduardo Matta, Ismar Tirelli Neto, João Carrascoza, Fabrício Carpinejar, Martha Medeiros, Lourenço Mutarelli, Luiz Alfredo Garcia-Roza, Renato Cordeiro Gomes, André Vianco, Rodrigo de Souza Leão e Antonio Torres, além da óbvia menção ao poema *Resíduo*, de Carlos Drummond de Andrade.

Também utilizei meus próprios textos não ficcionais, publicados em livros teóricos e nas páginas de opinião de um jornal carioca, o que me permitiu voltar à discussão sobre as fronteiras entre a realidade e a ficção, tema de alguns artigos da revista *Contracampo*. Na verdade, já havia feito essa experiência cognitiva pelo caminho inverso, em 2006, quando publiquei um pequeno livro acadêmico sobre autores que exercitam o jornalismo literário e mencionei um tal de Antonio Pastoriza como representante do gênero.

A experiência não teve suas hipóteses confirmadas.

32. Próximo capítulo, a notícia

Agência Reuters — Um Boeing 747 da Air France, com 285 passageiros, que fazia a rota Paris—Rio de Janeiro, teve um problema no reverso da turbina e...

Este livro foi composto na tipologia Electra LT
Std, em corpo 11/16, e impresso em papel
off-white 80g/m² no Sistema Cameron da
Divisão Gráfica da Distribuidora Record.